그래도 학교가 희망이다

그래도 학교가 희망이다

초판 2쇄 발행 2019년 12월 12일

지은이 윤영실
책임편집 김신철
펴낸이 전상삼
펴낸곳 세상의 아침
출판 등록 2002년 6월 26일 제2002-126호
주소 서울시 마포구 성미산로 2길 33 성광빌딩 202호
전화 02-323-6114
팩스 02-334-9108
이메일 zzamzzamzzam@naver.com
ⓒ윤영실 2019
ISBN 978-89-92713-13-9 03810

일러두기
1. 본문에 실린 글 가운데 많은 이들의 이름은 불필요한 오해와 피해를 막기 위해 이니셜로
   표기하거나 가명을 썼습니다.
2. 글 내용으로 특정 학교가 연상되어 피해가 우려될 경우, 년도 표기 등을 바꾸었습니다.

우주보다 복잡한 아이들과 함께

그래도 학교가 희망이다

세상의 아침

다시 학교를 생각하며

칠판이 화이트보드로 바뀌고 분필이 보드마커로 바뀌었지만 학교는 30년 전과 크게 달라진 것 같지 않다. 학교는 해마다 봄이 오기 전 졸업생들이 떠나고 신입생들을 맞는다. 10월부터 4월까지 내복을 입어야 할 만큼 여전히 학교는 춥고 복도는 어둡다. '친구 간에 싸우지 마라' '욕하지 마라' '지각하지 마라' '침 뱉지 마라' '남을 배려하며 살아라'는 훈화도 크게 달라지지 않았다.

그렇게 변한 듯 변하지 않은 학교에서 날마다 아이들 심장 가까이에서 그들과 시선을 맞추려고 종종거렸다. 그러는 사이 30년이 지났다. 진심을 다해 가르치는 것을 숙명이라 여겼던 30년이었다. 5G 시대에도 2G의 감성을 가져야 견딜 수 있는 일터인 터라 학교에서의 하루

하루는 늘 고되고 힘들었지만 그만큼 소박하고 나날이 풍성했다. 흑백사진 같은 이 공간에서 나는 '살아 있어서' 가르칠 수 있었고 우주만큼 복잡한 10대 후반의 청소년들을 만나 울고 웃었다.

나를 학교 선생으로 이끈 것은 무엇이었을까. 그것은 어쩌면 유년기의 작은 기억이었을지도 모르겠다. 나는 사방이 학교로 둘러싸인 답동 골목에서 유년을 보냈다. 학교 담장 너머로 희망처럼 시종소리가 넘어왔고 나는 그 소리를 들으며 월미도로, 자유공원으로, 수인역 앞 곡물 창고로 뛰어다녔다. 뛰놀다 어스름 저녁이 되어 골목에 들어설 때도 시종소리가 들리곤 했다. 그러나 이때 나는 단 한 번도 쉰 중턱까지 학교의 시종소리가 따라올 것이라고는 상상하지 못했다.

명랑한 유년의 시종소리는 교사가 된 이후 걱정과 한숨의 소리로 들릴 때도 있었지만 내 생활을 지배했다. 시종소리를 들으며 숙제하듯이 한해 한해 지내다 보니 30년이 훌쩍 지나버렸다.

쉰을 뒤로 하고 이순(耳順)으로 가는 길목에 서서 이제야 고백한다. 끊임없이 생각하고 반성할 수 있는 직업을 가져서 참 다행이었다고. 교직 30년은 앞만 보고 맹목적으로 달려야 하는 중심의 삶이 아니라 주변을 살피는 변방의 삶이어서 좋았다. 학교는 변화무쌍하고 다양한 인간 군상이 있는 곳이었다. 많은 교사와 학생과 학부모들이 이 공간을 중심으로 서로 모이고 부딪혔다. 다채롭고 생동감 넘치는 하루하루였다. 그 속에서 아이들이 자라고 나도 성장했다. 지난 30년 나는 해마다 유년기 긍정의 시종소리를 자양분 삼아 '희망을 만드는 교실'이라는 숙제에 매달렸다. 혼신의 노력을 다했지만 숙제는 늘 미완성 상태로 남았다.

이제 30년간 지속해 온 숙제를 마치고 새로운 과제를 찾기 위해 호흡을 고르고자 한다. 너무 늦은 고백이었을까. 떠나기 위해 고개를 들어보니 끓는 물 속의 개구리로 살고 있는 나를 발견한다. 희망을 잃어가는 교실이 보인다. 가르치는 아이들에게 따뜻한 말조차 쉽게 꺼내기 어려운 얼어붙은 공간, 교실은 어느 순간 서로를 믿고 존중하는 공간이 아닌 갈등의 공간이 된 것만 같다. 교실은 아이를 위로하기 위한 몇 마디의 충고조차 화살이 되어 다시 교사를 저격하는 어처구니없는 공간이 되고 있다. 묵은 숙제를 다 끝내지 못했다는 무거운 마음이 든다. 그동안 만났던 정 깊은 학부모와 제자들 그리고 동료 교사들의 모습도 어른거린다. 올바른 길을 걷고자 하는 후배 교사들의 고뇌와 갈등도 떠나는 발길을 붙든다.

비록 학교를 떠나지만 '학교가 있어야 희망이 있다'는 믿음은 굳건하다. 교사가 행복해야 아이들이 행복하고 사회가 행복하다는 신념도 변함없다. 어떤 절망적 상황에서도 사회의 희망은 성장하는 아이들이다. 이 글을 쓰기 위해 삶을 통째로 드러내어 난도질했다. 어쩌면 후회할지도 모른다. 그러나 숲은 못 보고 나무만 봤던 소심한 교사의 삶도 무의미하지 않다는 자기 위로 속에 저마다의 시종소리를 들으며 묵묵히 자기 길을 걷고 있는 후배 교사들을 위해 용기를 냈다. 그이들은 나를 딛고 큰 걸음을 걸으리라.

끝으로 지나온 기억을 책으로 남기고 싶다고 말했을 때 최상의 격려로 용기를 준 남편, 엄마가 너희들의 철 없던 행동을 책에 쓸지도 모른다고 말했을 때 기꺼이 허락해 준 두 아들, 그리고 원고를 빠짐없이 읽고 고민을 나눈 이 글의 첫 번째 독자 김신철 씨에게 감사를 전한다.

차례

2부 길을 잃은 학교

3부 그래도 학교가 희망이다

세월이 준 선물

초임지의 J선생님

사방 어디에서나 바람이 불어오던 3월,
첫 출근한 초임지에서 J선생님을 만났다.

의욕만 앞섰던 초임 시절 일이다. 내 첫 발령지는 인천에서도 가장 낙후된 지역에 있는 외딴 중학교였다. 시내를 완전히 벗어난 곳에 있는지라 학교 앞 정거장에서 내린 다음에도 논두렁을 가로질러야 학교로 가는 진입로와 정문을 만날 수 있는 곳이었다.

사방 어디에서나 바람이 불어오던 3월, 나는 들뜬 설렘과 긴장 속에서 한참을 기다린 끝에 학교로 가는 시내버스에 몸을 실었다. 첫 출근이었다. 봄 농사를 준비하느라 그을린 논두렁에서 둘러보면 텅 빈 봄들판이 황량하게 펼쳐졌다. 들판 너머 멀리 갯벌이 보였다.

올망졸망한 중학생들의 생기 넘친 눈동자마저 없다면 한없이 스산하기만 했던 그 봄, 거기에 J선생님이 있었다. 선생님 교실은 늘 은은

한 커피향이 가득했다. 커피도 그냥 커피가 아니었다. 원두를 곱게 갈아 거름종이에 내린 커피였다. 기껏해야 일 년에 한두 번 레스토랑에서야 느끼던 커피 내음을 항상 맡을 수 있다는 것만으로도 젊은 여선생들에게 그곳은 로망의 공간이었다. 내 또래의 여선생님뿐만 아니라 많은 여선생들이 선생님과 살갑게 잘 지냈다. 선생님은 찾아온 선생님들에게 언제나 늘 커피를 건넸는데, 그때마다 심부름은 거기 있는 아이들 몫이었다.

선생님은 마치 봄 바다 위를 뛰는 숭어처럼 밝았고 누구나 환하게 맞았다. 매사에 자신감이 넘쳤고 적극적이었다. 마흔 줄에 막 접어든 나이였는데도 나랑 나이 차를 느끼지 못할 정도로 젊게 보이기도 했다. 커피 향과 이런 모습들이 어우러진 탓일까. 기억 속 선생님의 첫 이미지는 기품 넘치는 귀족 부인 그 자체였다.

가사노동과 육아에 찌든 구석 없는 여유로움도 선생님만의 독특함이었다. 그 또래의 여선생님들이 육아와 집안일로 언제나 종종거리는데 반해 선생님은 두 아이를 시어머니가 사는 미국에 보내 놓고 한가롭게 지내고 있었다. 당시 여선생님들에게 J선생님은 다른 세상에 사는 부러운 존재였다.

J선생님은 여러 가지 점에서 이채로운 분이었지만, 막 교단에 선 나로서는 도저히 이해할 수 없는 못마땅한 부분이 있었다. 중학교 선배이기도 해서 유독 따르고 자주 찾았는데, 들를 때마다 선생님이 아이들을 가르치고 있는 것을 볼 수 없었다. 아이들이 책상에 앉아 차분하게 무언가에 열중하는 모습을 보기도 힘들었다. 뜨거운 물 주전자를

든 아이, 책상을 닦고 있는 아이들만을 볼 수 있었다.

선생님은 아이들에게 개인적인 심부름도 자주 시켰다. 은행 심부름, 우체국 심부름, 가게 심부름 등을 수시로 보냈다. 때로는 애들을 데리고 잡화를 사러 가기도 하고 믿을 만한 아이에게는 버스를 타고 근처 번화가에서 무엇을 사와야 하는 심부름을 맡기기도 했다. 심지어 선생님은 아이들을 집으로 데리고 가 밥상도 차리게 하고 요리도 하게 했다. 아이들은 선생님의 심부름을 위해 학교에 온 느낌이었다.

게다가 아이들은 모두 특수반 아이들이었다. 기본적인 읽기, 쓰기, 셈도 서툴러 자기 앞가림도 힘든 아이들에게 온갖 잔일을 맡겼다. 당시 시골학교 같은 변두리 중학교에 어떻게 특수반이 있었는지 알 수 없었지만 J선생님은 특수반 전담 선생님이었다.

나는 수업을 거의 하지 않는 선생님이 점점 용납하기 힘들었다. 당시 내가 맡은 아이들 가운데 10명 중 3명은 정규 고등학교를 들어갈 수 없었다. 커트라인을 통과해야만 정규 고등학교에 입학할 수 있는 연합고사가 있던 시절이었다. 거의 대부분의 부모가 안정적인 봉급생활자는 없고 갯벌에서 조개를 캐거나 일용직으로 생계를 유지한 탓에 아이들을 제대로 돌보지 못했다. 집안일로 학습결손도 심했다. 30%의 학생은 누적된 학습결손으로 고등학교 입시에서 미끄러졌다.

나는 그때 이것을 견딜 수 없었다. 아이들의 낙방이 내 실패인 것처럼 부끄러웠다. 그래서 나는 밤마다 교안을 고민하고 수업 자료를 찾으며 아이들 수업에 매달렸다. 쓸 수 있는 시간과 능력을 모두 아이들의 고교 입시에 쏟아부었다. 3월부터 공부로 달달 볶았다. 시도 때도 없이 시험을 보고 기준 이하의 학생들은 남겨서 통과한 후에야 집에 보냈다.

그 무렵의 나는 '열심히 안 가르치는 교사, 아이들의 공부를 중요하지 않게 생각하는 교사'를 증오했다. 학생들이 고등학교 진학에 실패한 것이 열심히 가르치지 않는 교사 탓이라고 생각했고 그들의 게으름을 용서할 수 없었다. J선생님은 어느 순간부터 자신의 기품을 유지하려는 게으른 선생으로 보여 증오의 대상이 되어 갔다.

그런 탓이었을까. 변두리 중학교를 떠나면서 J선생님도 내 마음에서 떠났다. 그렇게 몇 해가 훌쩍 지나갔다. 여러 학교를 돌고 나니 일반 학교에 특수학급이 일반화되어 있는 시대가 되었다. 나는 거기서 진짜

'게으른' 수업을 목격했다. 꿈쩍하지 않고 교실에 앉아 정말 열심히 아이들을 가르치는 특수학급 선생님을 만난 것이다. 그때야 나는 이 아이들에게 한글을 가르치고 산수를 가르치는 게 얼마나 공허한 것인지를 깨달았다. 일 년을 가르쳐도 변하지 않을 아이들에게 공부라니.

J선생님의 심부름 교육은 아이들의 자활을 돕고자 하는 교육적 실천이었다. 선생님은 아이들의 자활을 위해 본인의 돈을 쓰며 물건을 고르고 사고 요리하게 하신 것이다. 선생님은 그 아이들을 서슴없이 집으로 데리고 가서 씻기고 먹이며 사람 사는 온갖 일을 몸으로 가르쳤다.

선생님의 걱정은 졸업 이후 그들의 삶이었다. 나는 여러 학교를 돌고 불혹을 넘긴 뒤에야 그 뜻을 이해하였다. 나는 비로소 J선생님이 온전히 보였다.

"선생님이
너한테 잘못했구나!"

— ꙮꙮꙮꙮꙮ —

작은아이를 키우며 막다른 길을 만났다.
교사로서 부모로서 쌓은 모든 것이 무너지는 것 같았다.

3교시 수업을 끝내고 교무실로 들어오는데 책상에 둔 휴대폰이 울렸다.

850국이다. 내가 사는 동네의 전화번호 첫 자리.

"여보세요."

무겁게 가라앉은 목소리가 들린다.

"나라 어머니신가요."

나라는 작은애의 이름이다.

"네 그런데요, 누구시죠?"

"저는 나라 담임 교사입니다. 학교로 오셔야겠어요.'"

"아, 안녕하세요. 저 근무 중인데 지금 가야 하나요? 그런데 무슨 일인가요? 아이가 다쳤나요?"

순간적으로 나는 아이가 다쳤다고 생각했다.

장난꾸러기 아들 둘을 키우다 보니 다쳐서 병원 가는 일이 일상이었다. 시도 때도 없이 넘어지고 부러지는 아이들이었기에 태연한 척했지만 가슴이 콩닥거렸다.

담임 선생님이 수업 중에 전화를 할 정도면 '크게 다쳤구나' 하는 생각이 들었다.

"제가 나라가 잘못한 일이 있어 야단을 쳤는데 아이가 저에게 욕을 했어요. 어떻게 선생에게 그럴 수 있어요? 나라는 지금 교무실에 있습니다. 어머니가 오셔서 데리고 가세요."

담임 선생님의 차가운 목소리를 들은 순간, 정신이 아득해졌다. 쥐구멍이 있으면 들어가고 싶다는 생각이 들었다. 그 뒤 선생님이 하는 다른 말들은 귀에 들어오지 않았다. 아이들을 가르치며 무엇보다 인성의 중요성을 강조했던 터라 낯이 화끈거렸다.

창피스러움과 자존심의 상처로 학교에 가서는 전후 사정을 들을 생각도 안 하고 죄송하다고만 하고 아이를 데리고 나왔다. 교무실에 계시는 다른 선생님들이 나를 보며 수군거리는 것 같았다.

아이는 풀 죽은 얼굴로 내 눈치를 보면서도 뉘우치는 기색이 없었다. 선생님한테 분한 마음을 가지고 있는 것 같았다.

밤새 무엇이 어디서부터 잘못된 것인지 되새기느라 잠을 거의 못 잤다. 계속 눈물이 흘렀다. 일을 가진 것, 아이를 독립적으로 키운 것, 나의 빈틈없는 성격, 공부를 더 하겠다는 내 욕심. 모든 것이 잘못된 것 같았다. 아이를 키우면서 꾸던 여러 꿈이 그날 밤 허물어졌다.

아이를 낳고 키우는 것은 참으로 가슴 벅찬 일이었다. 뽀얀 피부와 꼬물거리는 발가락이 사랑스러웠고, 어쩌다 웃는 웃음은 심장을 두근 거리게 했다. 하루하루 쑥쑥 커가는 모습도 그렇고 어록으로 정리하고 싶을 만큼 기특한 말을 쏟아내는 것도 신기하고 자랑스러웠다. 내가 해보지 못한 많은 것을 내 아이는 경험하게 하고 싶다는 소망도 생겼다. 아이들만 바라봐도 배가 불렀다. 아버지가 나에 대해 품었던 기대와 허세가 비로소 이해되기 시작했다. 단명한 부모의 삶을 떠올리며 적어도 이 아이들 곁을 오래 지켜야겠다는 소망도 가졌다.

엄마라는 소리조차 낯설었던 큰아이는 서툴게 키웠고 그만큼 어려웠다. 아이 키우기에 익숙해진 탓인지 작은아이는 핏덩이 때부터 예뻤다. 크면서 엄마밖에 모르는 아이였고 딸처럼 살가웠다. 누웠다가 뒤집는 것도, 기는 것도, 걷는 것도 형보다 2달씩은 빨랐다. 3시간마다 한 번씩 일어나야 하고 한 번 깨면 등에 업고 동네 한 바퀴를 돌아야 다시 잠이 드는 형과 달리 작은아이는 밤 10시에 잠들면 아침 6시까지 깨지도 않고 잘 잤다.

정직하고 총명한 형과 달리 때론 상황을 모면하기 위해 거짓말도 하고 공부도 겨우 따라가는 정도라는 것은 알았지만 그지없이 착하고 예의 발랐다. 차에 치였거나 길에 다쳐서 누워 있는 개나 고양이는 그냥 못 지나쳐 동물병원에 데려가기 일쑤였고, 유난히 어려운 가정환경에 있는 친구들을 집에 데리고 와서 재우고 먹이기를 좋아했다. 이웃에게 항상 공손하게 인사해 사람들로부터 '어떻게 아이를 저렇게 잘 키웠냐'는 말을 듣게 했던 아이였다.

그런 아이가 중학교에 들어간 후 조금씩 잠음을 일으키더니 급기야는 담임 선생님께 욕까지 하고 만 것이다. 밤새 불행의 늪에 빠져 있던 나는 아이를 학교에 안 보내기로 결정했다. 선생님을 존경하지 않는 아이를 학교에 보낼 수 없다고 생각했다. 그렇게 생각하니 덤덤해졌다.

아이의 담임 선생님께는 거듭 죄송하다고 사죄하고 며칠 데리고 있을 테니 무단결석 처리를 하시라며 전화를 끊었다. 막다른 곳에 서면 사소한 일은 아무것도 아니라는 것을 그 날 또 한 번 경험했다. 아이가 학교를 못 다닐 수도 있다고 생각하자 무단결석 따위는 중요하지 않았다.

행선지도 말하지 않고 아이를 차에 태우고 30분 거리의 할머니네로 차를 몰았다. 아이는 뒷자리에서 아무 말이 없었다. 엄마의 표정에서 공포감을 느꼈을 것이다. 친정이 있었으면 싶었다. 나를 위로해 줄 누군가가 너무나 절실했다. 고립무원의 절박감과 아이를 맡길 곳이 없다는 생각이 나를 아흔의 노할머니 집으로 이끌었다. 어떻게 이 일을 처리해야 할지 머릿속이 복잡했다.

미닫이문을 드르륵 여니 할머니가 빠끔히 내다보시고 놀라셨다. 평소에 자주 오지도 않은 손녀딸이 증손자를 데리고 아침에 온 것이 예삿일이 아니라고 생각하셨던 모양이다. 전기료를 아끼느라 항상 꺼져 있던 방에 불이 켜졌다. 할머니는 방으로 들어오는 나와 아이를 번갈아 보셨다.

"이 아침에 무슨 일이냐?"

난 가까스로 울음을 참으면서

"전 다시 학교에 들어가 봐야 하니 할머니가 잠깐만 얘를 데리고 있어 주세요. 얘가 담임 선생님께 욕을 했어요. 그래서 오늘 학교를 안 보내려고요."

할머니는 그윽한 눈으로 아이를 한참 동안 쳐다보셨다.

그리고 천천히 아이의 손을 잡고 말씀하셨다.

"선생님이 너한테 잘못했구나!"

아이는 지금까지 태도와는 너무 다른 공손한 태도로 그리고 작은 목소리로 "아니요."라고 답했다.

여태 선생님이 자기한테 너무했다는 투로 자기방어에 힘쓰던 아이가 할머니의 그 한 마디에 무너진 것을 보고 나는 잠시 혼란스러웠다.

생각해보니 나는 어제부터 지금까지 아이의 마음을 헤아리지 않고 왜 그랬는지 따뜻하게 물어보지도 않았다. 내 자존감의 상처만 생각하고 이 일로 파생될 결과와 해결에만 집중했다.

왜 나는 저러지 못했을까. 왜 공감해주지 못했을까. 뒤통수를 얻어맞은 느낌이 들었다.

공감은 꾸중보다 힘이 셌다.

학교의 3월

_※※※※※※_

학교는 3월이 첫 달이다.
꽃샘추위가 기승을 부리고 더러는 봄눈이 쏟아지는 3월이 되면
학교는 해마다 다시 태어난다.

목련이 꽃망울을 피울 준비를 하려고 할 때쯤이면 모든 학교에서 입학식을 한다. 해마다 하는 행사라 새로울 것도 없지만 그 날만큼은 정장을 입는다. 새로 만나는 아이들과 부모에 대한 예의와 함께 '또 잘 해보자'라는 스스로에 대한 다짐을 위해 성의를 다한다.

심호흡도 하고 긴장을 푼다. 입학식이 거행되는 강당으로 향한다. 떠들썩한 가운데 강당에서 입학식이 이루어지고 있다. 입학생 선서가 끝나고 재학생과 입학생의 상견례가 있다. 30년이 지났어도 변하지 않는 의식이다. 오늘따라 유난히 교장 선생님의 축사가 장황하다. 마이크에서 나오는 소리가 귀에서 점점 멀어지며 교사로서 3월이 주는 의미를 떠올렸다.

3월이 되면 교사들은 마음이 무겁다. 지난 일 년을 성공적으로 끝냈다 하더라도 성공의 피날레는 빨리 잊어버려야 한다. 학급을 새로 맡을 것이고 새로 맡은 학급을 다시 시작해야 하는 의무가 기다리고 있기 때문이다. 제우스의 노여움을 사서 정상으로 바위를 옮겨 놓으면 다시 아래로 굴러떨어져 처음부터 다시 시작해야 하는 '시지푸스의 형벌' 같은 삶이 숙명처럼 시작되는 시간이 3월이다.

3월이 되어 교사가 만나는 가장 큰 부담은 새로운 사람을 만나는 것이다. 먼저 교무실 안에서 업무 분장이 달라진다. 지난 일 년 동안 손발을 맞춰 일을 한 동료들을 내치고 새로운 사람들을 만나야 하는 부담이 기다린다. 지난해에 같이 일했던 동료가 불편하게 했다면 이 핑계로 헤어지는 것은 다행스러운 일이다. 그러나 그가 매사에 솔선수범하고 부지런하며 심성 착한 동료였다면 헤어지는 아쉬움이 크다. 마음 맞는 동료하고만 일할 수 없는 환경이기에 교사들은 그 상황을 운명처럼 받아들이고 있다.

새로운 아이들도 만나야 한다. 담임으로 만나는 아이들도 있지만, 수업으로 5개 학급 이상의 아이들을 만나야 하니 적어도 200명 정도의 학생들과 다시 유대를 가져야 한다. 여기에 핵가족 속에서 자녀를 자신의 전부로 인식하며 권리만을 요구하는 철없는 부모도 포함되니 교사들이 새로운 학년을 맡을 때 만나야 하는 사람은 몇백 명이 넘는다. 사전 교감이나 정보도 없이 새로 만나는 몇백 명과 같은 듯 다른 온갖 상황을 겪어야 하는 것이 교사의 숙명이다. '교사 중에 달인이 나오는 것은 불가능하다'는 말은 결코 농담이 아니다.

3월이면 모든 것을 리셋 해야 하는 교사들은 마음이 바쁘다. 흰 벽, 창문 그리고 칠판뿐인 삭막한 교실을 우선 단장해야 한다. 걸레를 들고 바닥 청소와 낙서를 직접 지운다. 교육적 가치를 가진 급훈과 생활 규칙을 정해 게시판의 한쪽에 세워 놓아야 한다. 신념과 철학을 가지고 아이들을 가르쳐야 한다는 불변의 진리가 바로 이곳에서 시작되기 때문이다. 공동생활을 위한 최소한의 가이드라인을 정하며 아이들과 소통할 준비를 시작하는 것이다.

화분이나 그림 등으로 아늑함을 선물하는 교실에서는 기분이 좋다. 누가 시키지 않아도 자신의 가치와 신념을 더해 교실을 꾸미다 보면 교사는 단순한 급여생활자는 아니라는 확신이 든다.

이 같은 준비 속에 3월을 맞으면 다른 듯 같은 한 해가 될 수도 있다는 예감을 하면서도 또 희망을 품는다. 작년의 B와 같은 가정환경을 가진 아이가 올해도 있을 수 있다. 작년에 맡은 B는 부부교사의 아이로 따뜻한 할머니가 양육 중이어서 표면적으로는 잘 성장한 아이였다. 그러나 부모의 지나친 기대 때문인지, 호르몬의 변화로 인한 일시적 성격 이상 때문인지, B는 매일 사소한 문제를 일으켰다. 아무렇게나 내뱉는 말과 욱하면 뻗는 주먹으로 친구들에게 상처 주기 일쑤였다. B와 상처받는 아이들 사이에서 나는 거의 모든 에너지를 쓰다 방전됐다.

올해는 책상 줄 맞추는 것과 같은 사소한 문제에 신경을 곤두세우지 말자고 다짐한다. 그러나 어쩌면 올해도 그 다짐은 무너질 것이다. 지치지 않고 절차탁마하는 노력으로 바른 습관을 키울 때 바른 인성이 만들어진다는 신념이 있기에 올해도 잔소리꾼 노릇을 멈출 수는 없을 것 같다. 깐깐하다는 이미지를 올해도 버리지 못할 것 같은 예감이 든다.

3월에는 첫 수업도 단단히 준비해야 한다. 첫 수업에서 받는 인상을 가지고 '같게' 또 '다르게' 수업 운영을 준비해야 하니 첫 수업은 중요하다. 진지한 표정으로 응시하는 아이들이 많은 교실에서의 수업은 기대가 크다. 깊이 있는 수업 내용을 준비해도 좋다. 경청하는 아이들에게 정리된 지식을 쏟아 놓을 수 있을 것이다. 반면 팔짱을 끼고 의자 등받이에 비스듬히 등을 기대고 다리를 책상 아래로 쭉 뻗고 있는 학생이 보이면 절로 한숨이 나온다. 비열한 눈빛으로 교사의 일거수일투족을 살피는 아이들이 먼저 눈에 들어오는 교실에선 힘이 빠진다.

3월이 주는 의미를 하나씩 떠올리고 있는데 누군가 나를 툭 친다. 깜짝 놀라 정신을 차린다.

"2학년 담임 선생님들은 단상으로 올라오시기 바랍니다."

서둘러 단상으로 올라간다. 교감 선생님이 열 명의 담임을 소개한다.

2학년 1반 ○○○선생님

학생들에게서 와~~소리가 들린다. 1학년을 같이 했던 선생님이다. 아이들의 호응을 보니 인기가 있었나 보다.

2학년 2반 ○○○선생님

조용하다. 올해 전근 온 선생님이라 반응이 없다.

내 차례다. 2학년 3반 ○○○선생님.

어떤 반응을 할까. 어떤 아이들일까. 올해는 잘 할 수 있을까.

수업을 버린 후
비로소 교사가 되었다

석사과정을 마치고 2년 만에 다시 학교로 돌아갔다.
그날 나는 혼자 떠들었다.
인천 최고의 명문으로 부상 중인 S고 3학년 교실에서
나는 길을 잃었다.

2년 만의 수업이었다.

남자고등학교 3학년 교실이었다. 다시 새내기 교사가 된 마음으로 교실에 들어갔다. 임시 반장이 일어나 인사를 했다.

"차렷!"

"경례!"

오래 떠나있었던 교실이지만 변하지 않은 인사와 학생들의 표정에 다소 안심이 되었다. 진도 나가기에 급한 고3 교실이기에 곧장 수업을 시작했다. 며칠씩이나 준비한 강의 내용이었다.

수업을 시작하고 10분이 되지 않아 한두 명씩 눈꺼풀이 감기더니 급기야 절반 이상의 학생이 책상에 엎드렸다. 어떤 학생은 책상을 쭉

밀더니 교실 바닥에 가래침을 뱉기까지 했다.

돌아온 교실, 교단에 서서 나는 수치심에 떨었다. 졸고 있는 학생을 깨우지도 못하고 혼자 떠들고 있는 나 자신이 너무 비참하고 무기력해 견딜 수가 없었다. 수업이 어떻게 끝났는지도 기억나지 않는다. 나는 인사도 제대로 안 받고 교실을 나왔다. 1997년 봄날의 일이었다.

나와서 가만히 생각하니 반 이상의 학생이 책이나 노트가 없었던 것이 기억났다. 준비된 수업 내용 자체가 그림을 봐야 이해할 수 있는 것이었는데 나는 아이들을 파악하지도 못한 채 진도 나가기에 급급했던 것이다.

그다음 두 번째 교실에서는 책을 준비하지 않은 학생을 위해 필요한 그림을 학생 수만큼 준비했다. 그러나 변함없이 아이들은 엎어졌다.

다음 수업시간에는 강의 내용을 재구성하였다. 유머도 따로 준비했다. 수업과 관련되어 소개할 기사 내용도 준비했다. 주의를 끌기 위한 실험도구도 몇 개 들고 갔다. 수업을 위해 할 수 있는 노력을 다했다.

그러나 모든 노력은 허사였다. 처음 초롱초롱한 눈으로 수업을 받던 아이들도 30분이 안 되어 엎드리거나 책 안에 눈을 숨기고 잠들었다. 절망감이 몰려왔다. 수업 내용이 무엇인지, 시간이 언제인지에 따라서 '자거나' 또는 '조는' 아이들의 인원은 변했지만 몇 명이라도 수업시간에 잠을 청한다는 것만으로 교사로서의 자존감은 이미 무너졌다.

그렇게 인천 최고의 명문으로 부상 중인 S고 3학년 교실에서 나는 길을 잃었다. 대학원을 다니며 공부로 지식이 풍부해지니 가지 않은 길에 대한 아쉬움도 없어졌고 교사로서의 운명에 처음으로 순응했다. 재교육을 받은 기회에 감사하면서 교사로서 최선을 다해 봉사하리라 다짐하며 돌아왔다.

　그런데 다시 돌아온 교실은 내 상상력 범위 바깥에 있었다. 겨우 2년 만에 수업 환경은 내 상상을 초월했다. 생물 관련 전공을 희망하는 학생 몇은 '생물 오타쿠'가 되어 수업에 열중했으나 대부분의 학생은 시작종이 울리면서부터 자세가 무너졌다. 많은 학생들이 수업을 무의미하게 받아들이고 있다는 것만으로 교사로서 사형선고를 받은 느낌이었다.

　부적응교사로 산다는 느낌에 수치스러움이 밀려왔다. 출근 시간만 되면 마음이 무거웠다. '오늘은 어떻게 그들을 태연한 척 대해야 하나' 하는 생각이 머릿속을 맴돌았다.

　"너무 애쓰지 마. 그 아이들 밤새 공부해서 피곤해서 그래."

　"자는 아이들 어차피 대학을 못 가. 잘하는 아이들만 데리고 해야지."

　아이들을 깨우는 데 지친 교사들은 이런 말로 서로 위안을 주고받곤 했다. 반복되는 회의감으로 지쳐있던 나는 남자 고등학교가 태생적으로 안 맞는다는 논리적 결론을 내렸다.

　교장 선생님을 만났다. 수업의 어려움을 얘기하고 여학교로 자리를 옮겼으면 하고 말씀드리고 도와주실 것을 청했다.

"선생이 그러면 안 되지. 어떤 학교든 같아. 참아 봐. 그래야 진짜 선생이 되는 거야."

교장 선생님은 웃으시며 말씀하셨다. 죽을 것 같은 맘에 간절하게 부탁했는데 그 말뿐이셨다. 말도 안 되는 부탁을 한 이후 부끄러움은 더 커지기만 하였다. 말도 안 되는 결론으로 도망치려 했다는 생각이 보태지자 하루하루가 괴로웠다.

그때는 누구도 도움이 되지 않았다. 오로지 내 힘으로 이 위기를 극복해야 했다. 어느 순간 '내가 변해야 한다' '아이들을 가르치기 위해서가 아니라 내가 살기 위해서 변해야 한다'는 생각이 머릿속에 가득했다.

수업을 바꿔야 한다는 생각이 머리를 떠나지 않았다. 내가 하는 말이 수면제가 된다면 '아이들이 말하게 하면 된다. 아이들을 움직이게 하면 된다.'는 생각이 갑자기 들었다. 처음으로 수업방식을 고민하기 시작했다.

나는 긴 고민 끝에 일방적으로 가르치는 방식, 그 유서 깊은 수업을 버리기로 했다. 우선 50분 수업을 여러 개로 나누었다. 10분이나 15분으로 나눠 과제를 주고 학생들이 스스로 해결하게 한 후 확인하는 방식으로 시간을 재구성하고 교재를 만들었다. 능력이 없는 학생들에게는 옆에 가서 개인지도를 하는 방법으로 참여도도 높였다. 빨리 해결할 수 있는 학생들은 늦은 학생을 도와주게 했다.

한 시간 수업의 밀도가 이렇게 높아지자 할 일이 너무나 많아졌다. 배우는 학생도 바쁘고 가르치는 선생도 바쁜 수업이었다. 수업 후에는 수업의 증거를 모아 정리하게 했다. 정리를 못 하는 학생들은 수업이 끝나면 같이 가지고 와서 정리하는 것을 도와주기도 했다. 나는 그렇게 '티칭'을 버리고 '코칭'을 선택해 나갔다. 수업방식이 전환되자 고3 교실인데도 활기가 돌았다.

이 새로운 시작은 교사가 되어 얻은 2년간의 재교육시간이 헛되지는 않았다는 것을 확인한 순간이기도 했다. 문제를 해결하려고 궁리하는 과정에서 2년간 배운 이론을 가져다 쓰고 있는 나를 볼 수 있었다. 강의식 수업을 버리고 다양한 수업이론을 들고 와서 수업에 응용하고 있었던 것이다. 학생 머릿속에 '선 개념'을 우선 만들었다. 만들어

놓은 개념을 엮어 스스로 유의미한 학습을 하도록 도와주는 수업도 만들어 보았다. 백지와 같은 상태에서 내용에 의문을 갖게 한 후 수업을 계획하기도 했다.

아이들도 재미와 의미를 느껴야 수업에 참여한다는 것을 그때 깨우쳤다. 나를 무시하거나 전날 밤잠을 못 자서 조는 것이 아니라는 것을 그때 깨우쳤다. 어찌 보면 지금까지 무사히 선생 생활을 지속할 수 있었던 천우신조의 깨달음이었다.

"엄마가 없으면
이런 짓 해도 되는 거야?"

가슴에 묻어둔 아픔도 교육의 밑천이다.
교육은 어쩌면 삶을 송두리째 던지는 것인지도 모른다.

15년 전 일이다. 내 앞에 한 아이가 무릎을 꿇고 있다.

수업 중 교사가 야단 좀 쳤다고 교사 앞에서 유리창을 깬 아이다. 다행히 아이의 손은 멀쩡하지만 학교가 시끄럽다. 발 없는 말은 삽시간에 전교생에게 퍼졌다. 이제는 이런 분노조절 장애 학생을 학교에서 보는 것은 흔한 일이 되었지만, 그 시절에는 교칙에 의해 퇴학에 준하는 벌을 주어도 될 만큼 큰 사건이었다.

수업 중에 봉변을 당했다고 생각한 교과 선생님은 부끄러움과 노여움에 어쩔 줄 모르고 문제의 아이를 학생부실에 데려다 놓고 갔다. 학생부장이라는 직함만 가졌을 뿐 아이를 데리고 온 교사보다 더 순진하고 멍청한 내 앞에 문제아를 놓고 간 것이다.

무엇을 할 수 있을까. 처음 만나는 이 상황을 현명하게 극복하게 해
달라고 속으로 기도를 할 뿐이었다. 머릿속이 하얗다. 왠지 처리할 수
없을 것 같았다.

아이에게 우선 무릎을 꿇게 했다. 아이는 나를 노려보고 있다. '고개
라도 숙여주면 좋을 텐데'라고 생각했다. 왜 그랬는지 묻는 물음에 답
도 없다. 대화가 되지 않는다. 잘못했다고 시인하고 "다시는 안 그러
겠습니다."라고 진심을 보이면 적당히 용서하면서 학교가 주는 작은
징계로 넘어가고 싶었다. 그러나 이 아이는 도통 반성의 기미가 없다.

아이는 자기 안의 분노를 어쩌지 못하고 계속 나를 노려보고 있다. 갤리선의 노를 젓는 유다 벤허의 눈이 저렇게 이글거렸을까. 무엇이 이 아이를 이렇게 만들었을까.

인생을 유하게 살아서인지 나는 누군가를 한 시간 이상 노려보는 분노를 가져 본 적이 없었다. 속에 어떤 한을 품었기에 이 아이는 이렇게 억울할까 하는 생각이 들면서 대화가 안 되니 부모를 만나야겠다고 생각했다.

"너랑 얘기가 안 되겠다, 엄마 집에 계시지?"

"엄마 집에 없는데요."

"그럼, 엄마 핸드폰 번호."

아이는 신경질적으로 소리쳤다. 마치 울부짖는 것 같았다.

"엄마 없다고요!"

그제야 나는 상황이 인지되었다.

조금 말투를 누그러뜨려 다시 질문을 했다.

"왜, 이혼하신 거야? 아니면 돌아가신 거야?"

아이는 대답이 없다. 과거에 내가 가졌던 설움이 떠올랐다.

엄마의 갑작스런 죽음으로 인한 불행은 10년 동안 도미노처럼 진행되었다. 11월의 어느 토요일이었다. 집과 학교밖에 모르던 열 살의 나는 친구들과 어울려 초등학교 앞에 있는 여자상업고등학교 축제에 갔다. 음악소리에 이끌려 구경을 갔던 것이다. 엄마에게 얘기하지 않고 놀러 갔기에 마음을 졸이며 고등학교 축제를 2시간 정도 구경하고 집으로 왔다. 집에 오니 대문은 열려 있고 방안은 어지러웠다. 바로 그날 엄마가 저혈압으로 쓰러졌다.

백석 천주교 묘지, 장례식에 온 사람들이 나란히 있는 서 있는 우리 세 자매를 보며 '쯧쯧' 혀를 차는 소리가 지금도 눈을 감으면 들리곤 한다. 10살, 6살, 3살의 고만고만한 딸 셋이 영결식을 지켰다. 막내는 겨우 젖을 뗀 나이였다.

그 이후 연속적으로 다가오는 불행으로 세상에 대한 원망도 많았다. 노력해도 오를 수 없는 가지를 쳐다보며 불평등한 삶에 대한 원망이 컸다. 그날 이후 나는 동생들과의 안전한 삶을 지켜내느라 원망조차 사치가 되는 고단한 시간의 늪을 건넜다.

한 시간째 나를 노려보던 아이가 잊고 있었던 내 안의 어떤 것을 이렇게 건드렸다. 측은함에 눈물이 고였다. 그러나 세상에 대한 원망으로 정당화하기에는 오늘 아이가 한 행동은 너무 폭력적이었다.

난 막말을 했다. 아니, 아이에게 막말을 해야만 했다.

아이를 화난 듯이 쳐다보며

"엄마가 없으면 이런 짓을 해도 되는 거야?"라고 소리쳤다.

엄마가 없다는 것은 살면서 끊임없이 나를 괴롭히는 열등감으로 작용했다. 엄마가 없다는 것은 집에 가면 따뜻한 음식이 없고 마음을 위로해 줄 사람이 없는 문제에서 그치지 않는다. 엄마가 없는 아이라서 바르게 성장하지 못할 것이라는 사회적 편견을 대놓고 말하는 이는 아무도 없었지만 예민한 촉은 늘 그런 느낌을 받았고, 상처가 되었다.

내 앞에 있는 아이도 나와 같은 감정을 가졌을 것이라고 확신했다. 내 말에 아이는 소스라치게 놀라며 반사적으로 "아니요."라고 답했다. 과거의 기억 속에 숨어 있던 내 자존심이 이 아이에게도 있을 것이라고 짐작했다.

아이와 대화하기 위해 나는 가장 아픈 곳을 건드렸던 것이다.

"선생님도 엄마가 없이 커서 알아. 엄마가 없다고 그런 짓을 하는 건 아니지."

난 그제야 부드럽게 아이의 눈을 보며 이야기했다. 아이는 제 설움에 꺼이꺼이 울기 시작했다. 한참을 운 아이와 그날 많은 대화를 나누었던 것 같다. 엄마의 마음과 선생님의 마음으로 아이의 마음을 읽고 치유하려고 애를 썼다.

그 날 순진하고 멍청한 선생으로서의 삶은 끝내기로 결심했다. 교과서에서 '엄마'라는 단어만 나와도 눈물이 고였던 나약했던 나를 그 날 버렸다. 선생에게 버릴 경험은 어느 것도 없었다. 나는 아이들에게 엄마가 없이 사는 것은 부끄러운 일이 아니라고 이야기하기 시작했다.

할머니의 심부름 교육

"밥을 불에 앉혀놓고 조기 매운탕을 양념해 올려놓은 다음
마당을 쓸고 오면 1시간이면 모든 걸 끝낼 수 있지."

광목을 빨아 풀 먹여 말리고 이불을 홑치는 것은 정말 어려운 일이
었다. 식혜를 만드는 것과 추어탕을 끓이는 것은 더 어려운 일이었다.
중학교를 입학하자마자 나는 일의 무덤에 갇혔다. 할머니는 대수롭지
않게 한꺼번에 여러 일을 시켰다.

"밥하고 조기찌개를 끓이고 마당 청소도 해 놔라. 8시 전에 모두 끝
내고 들어가 쉬어라."

"오늘은 나랑 이불을 홑치자. 어디 가지 말고 집에 있어라. 한 시간
이면 끝나니까 그 이후에 놀아라."

마귀할멈이 따로 없었다. 보통 한 번에 세 가지 이상의 일을 해내라
고 하셨다. 한 가지 일도 익숙하지 않은 내게 항상 세 가지 일을 해내

라고 하시니 살림을 배운다는 생각보다 할머니의 일을 대신한다는 생각에 설움이 컸다. 등 떠밀어 공부하라고 도서관으로 보내지고 있는 친구들을 생각하면 내 처지가 기가 막혔다. 매일 매일 엄마 없는 설움이 밀려왔다.

엄마가 세상을 뜬 지 1년쯤 지나자 삶이 힘들었던 아버지는 낙향을 결정했다. 아버지의 고향 송악은 지금은 서해대교로 1시간이면 너끈히 도달하는 곳이지만 당시에는 서울, 온양, 예산을 거쳐 8시간은 가야하는 먼 곳이었다. 그 먼 곳으로 외동딸에게서 남겨진 피붙이들을 모두 보내고 나면 영영 남이 될 것 같다는 불안감에 외할머니는 큰딸만이라도 여기서 공부시키자고 사위에게 애원했다. 아버지는 두말없이 7살, 4살 두 동생만을 데리고 고향으로 떠났다.

오라버니가 노름으로 재산을 탕진하기 전까지 남의 땅을 밟아보지 않을 만큼 대농의 딸이었다는 할머니는 소작농과 노비를 부려야 하는 안주인의 삶을 알고 계셨다.

"할 줄 아는 사람만이 사람을 부릴 수 있다."

외할머니는 내가 손아귀에 힘이 생길 나이가 되자마자 무섭게 살림살이를 가르쳤다. 두 동생이 인천으로 올라온 고등학교 1학년까지 살림과 노동으로 하루를 보냈다.

그 무렵 왕래가 잦은 이웃 중 유독 가정과 출신 사모님이 많았다. 주변의 부잣집 사모님들 대부분이 대학의 가정과를 다니다 졸업도 하지 않고 결혼한 경우가 많았다. 가정과를 살림 배우는 과로 인식하고 있는 할머니는 여자에게 공부는 중요하지 않은 것이었다. 외손녀가 종 갓집 맏며느리가 되길 소망하셨기에 더욱 공부는 중요한 것이 아니었을지 모른다. 굴곡진 근현대사를 지나며 수난으로 점철된 당신의 삶처럼 손녀가 굴곡을 겪으며 살지 않게 하려고 할머니는 내게 힘 있는 가문의 종부가 되어 종가를 이끌기를 바라셨다.

그래서였을까. 일을 잘 해내는 것 못지않게 시간 안에 해내는 것을 강조했다. 일을 끝내고 나면 할머니의 잔소리가 시작되었다.

"밥을 불에 앉혀놓고 조기 매운탕을 양념해 올려놓은 다음 마당을 쓸고 오면 1시간이면 모든 걸 끝낼 수 있지. 너처럼 밥 끝내고 앉아서 그 다음 조기 매운탕 끓이고 마당을 쓸러 가니까 3시간이 걸린 거 아니니. 시간이 얼마나 아깝니."

중학생인 내게는 버거웠던 그 시간을 나는 용케도 잘 견뎠다. 어느 순간 나는 할머니의 수제자가 되었고 일에 자유로운 사람이 되어 있었다. 집안 살림이든 학교 일이든 아르바이트든 일의 순서를 정하고 빠르게 해냈다.

도와주는 친정엄마도 없이 아이 둘을 키우고 학교 선생으로 많은 아이들을 가르치고 석박사 과정을 마무리할 수 있었던 것은 오로지 할머니의 가르침 덕분이었다. 나는 외할머니의 '심부름 공부' 수제자였다.

할머니는 뒤늦게 후회하셨다. 살림 가르치느라 공부할 시간을 제때 못 내준 손녀가 대학을 가고 선생이 되고 박사가 되는 과정을 지켜보시면서 종갓집 맏며느리라는 목표로 시간을 허비하게 한 것을 후회하셨다. 만날 때마다 잘못 생각했다며 미안해 하셨다. 절대 변할 것 같지 않던 세상이 변해가는 것을 지켜보면서 할머니는 깜짝 놀라신 것 같다.

하지만 일을 하면 할수록 무학의 외할머니가 가진 신념이 옳았다고 생각한다. 그 시절의 그 경험과 교육방식에 감사함을 느낀다. 나는 할머니의 가사노동 속에서 진짜 성장할 수 있었다.

몸을 움직이는 노동과 심부름을 통해 나는 세상에 대한 겸허와 사람에 대한 존중을 배웠다. 노동은 지식교육으로는 성취할 수 없는 균형감과 일처리 능력을 나도 모르게 몸에 배게 했다. 무엇보다 몸을 움직이며 하는 노동은 내 자신을 만나게 해 준 값진 시간이었다. 교사가 된 이후 수업 외 학교 활동을 중요하게 여긴 이유는 이런 경험 때문이었다.

20세기 학교는 없다

———※※※※※※※※———

학교는 생물이다.
세상이 변한 만큼 꼭 그만큼 변화하고 진화한다.

36년간 교직에 몸담고 있다가 정년퇴임을 하시는 분의 퇴임식에 다녀왔다. 후배들에게 남긴 착잡한 퇴임사에서 교사의 정체성에 대한 고민이 느껴졌다.

"죄송합니다. 저 혼자 떠나서 죄송합니다. 시간이 지나면 교직의 환경이 더 좋아지리라고 예상했습니다. 그렇지 못한 것을 보고 떠납니다. 저는 교감 선생님의 덕담처럼 훌륭한 고등학교만 다닌 것은 아닙니다. 그렇지만 아이들을 교육한다고 생각하며 살았습니다. 열심히 교과지식을 가르치기만 하면 되었습니다. 그러나 학교는 이제 예전의 학교가 아닙니다. 다시는 그런 학교를 볼 수 없을 거라고 생각하니 마음이 아픕니다.

여러분에게 맡겨진 책임이 너무 큽니다. 교사가 된다는 것은 세상에 대한 책임을 떠안을 것인지를 결정하는 것이라고 생각합니다. 학교가 어떻게 변하든지 교사가 된 이상 세상에 대한 책임을 잊지 말고 최선을 다하십시오. 힘내십시오."

퇴임사를 들으며 나는 순간 20년 전의 가뭇한 기억 속으로 빠져들고 있었다. 20여 년 전의 일이다.

오랜만에 친구들을 만난 자리였다. 그 자리에 초등학교에서 교사를 하는 친구가 있었다. 고등학교 선생을 하다 보니 초등학교 선생은 부러움을 넘어 샘나는 존재였다. 입시 부담이 없어 밤늦게까지 남아 있지 않아도 되는 근무환경이 제일 부러웠다. 방학마다 해야 할 보충 수업도 없으니 방학을 온전히 보내는 것 또한 부러웠다.

"넌 방학을 온전히 쉬어서 좋겠다."

친구는 나를 그윽하게 보더니 한참 말이 없었다.

"너 그렇게 생각하니? 난 방학이 없으면 이 짓을 계속할 수 없었을 걸."

유치원을 다니는 아들들이 방과 후에는 집에서 방치되고 있었던 때였다. 가르치는 학생들의 입시를 위해 사생활을 반납해야 했다. 밤늦게 귀가해야 하고 휴일도 제대로 쉬지 못하는 고등학교 교사 생활에 진저리를 칠 때였다. 어쩌다 지친 몰골이 거울에 비치기라도 하면 '이렇게 사는 게 옳은가. 계속 이렇게 살아야 하는 건가.' 하는 의문이 떠나지 않았다.

몸이 지치니 늘 감기가 떨어지지 않았다. 엄마가 감기에 걸리니 온 가족이 돌아가면서 감기 치레를 하는 악순환을 겪었다. 아이를 키우면서는 누군가 전적으로 도와주지 않으면 할 수 없는 직업이라는 것을 실감하며 교사가 된 것을 후회하기도 했다. 그런 탓에 출퇴근이 정확한 초등학교 선생은 부러움의 대상이었다.

이 짓을 계속할 수 없을 것 같다는 친구의 말은 인상 깊었지만 배부른 투정이라고 생각했다. '입시 지옥 속 고등학교 선생의 삶을 모르는 군.' 마음속 생각과 다르게 고개를 끄덕였다. 진심으로 동의하지는 않았지만 이해하는 척했다.

당시 유치원을 다니던 아이가 대학을 졸업하였으니 20년 이상의 시간이 흘렀다. 그 사이 학교의 위상이 완전히 달라졌다. 학교의 가장 중요한 역할이던 지식 전수의 축은 사회로 이동되었다.

"내일부터 공부하자!"

"예, 선생님. 내일부터 학원 다닐게요."

교사의 공부하자는 격려에 아이들은 학원 다니겠다고 답한다. 비단 고등학교만 이런 것이 아니다. 심지어 이제는 학교 수업에 100% 의존하는 초등학생도 거의 없다. 학교는 돌봄과 보육 서비스를 담당하는 곳이 되었다.

집안일을 해 본 아이도 없고 부모의 심부름을 하면서 일을 배운 아이도 거의 없다. 많은 아이들이 사소한 일조차 제대로 하지 못하고 남을 배려하는 것도 인색하고 서툴다. 학원과 공부에 찌든 이 아이들과

하루를 동행하다 보면 정말 생각하지 못한 상황에 아연실색할 때가 종종 있다.

교과서를 배분하는 날이었다. 어떤 아이가 책 몇 권을 들고 교무실 문을 열었다.

"선생님, 이걸 노끈으로 묶어야 하는데 어떻게 묶는 거예요?"

어이가 없었다. 이런 사소한 일도 자기 힘으로 해결하지 못하는 아이들이라니.

한 번은 이런 일도 있었다. 청소가 끝났겠지 싶어 교실에 갔다. 청소는 손도 안 댄 채로 빗자루를 들고 검도를 하고 있다. 검도를 하는 두 아이 말고 나머지 4명도 청소할 생각을 하지 않고 있다.

"너희라도 우선 청소하고 있었어야지."

하고 꾸짖었더니

"6명이 청소하는 곳인데 우리만 하면 억울하지요."

하는 것이었다.

날이 꽤 추운 겨울이었다. 창문이 열려 있어 유리창 쪽에 앉아 있는 학생을 보고 말했다.

"창문 좀 닫아줄래?"

무겁게 일어난 학생은 이중창의 바깥쪽은 놔둔 채 안쪽만 닫았다. 저 애가 고등학생이 아니라 초등학생인가 싶은 순간이었다.

밥을 먹는 것도 온전하지가 않다. 급식으로 감자탕이 나왔다. 한 아이가 먹다 남은 뼈를 식탁에 그대로 놓고 식판만 들고 퇴식구로 이동하고 있었다. 주위를 둘러보니 식탁마다 뼈가 널려 있었다.

　귀가하면서 교실의 앉았던 자리에 책을 펴 놓고 가는 것을 보는 일도 흔한 일이 되었다. 이런 일들을 겪으며 나는 가끔 내가 있는 공간이 고등학교가 아니라 어린이집이 아닌가 하고 혼란스러워할 때가 있다. 이제 갓 태어난 아이를 키우는 마음으로 하나에서 열까지 세심하게 돌보고 가르쳐야 하는 것이 교사의 중요한 역할이 되었다.

　"선생님, 비가 오니 우리 아이 우산 좀 구해서 씌어 주세요."
　"선생님, 왜 우리 아이가 열심히 했는데 금상이 아니고 동상인 거죠?"

"선생님, 왜 우리 아이 앞에서 그런 말씀을 하셨어요? 의기소침해 있는 아이를 어쩌실래요?"

독립적이지 못한 아이들이 학교에서 일어난 일을 시시콜콜 집에 가서 고한다. 교실에 마치 CCTV가 있는 것처럼 교사의 언어나 행동을 문제 삼아 시비를 거는 학부모를 만나는 것도 예삿일이 되었다.

20여 년 전 나를 그윽하게 쳐다보며 말이 없었던 친구가 생각났다. 이제야 '교육'과 '돌봄'을 같이 하던 친구의 고달픔을 이해하게 되었다. 딱 그때 초등학교 교실의 풍경이 20년이 지나 고등학교 교실에서 재현되고 있다. '이 마음이었구나. 얼마나 힘들었을까.'
20년 전 입시교육에 올인 했던 나는 친구의 서글픈 말을 이해하지 못했다. 그의 표정 속에 숨은 슬픔을 보며 진심으로 위로하지도 못했다.
불과 20년 만에 교사가 해야 할 역할이 너무나 복잡해졌다. 너무 달라져 버린 학교의 역할과 상황을 떠올리며 착잡해 하는데 퇴임식이 끝났다. 퇴임하시는 선생님의 마지막 당부가 계속 머릿속에 맴돌고 있다.

'학교가 어떻게 변하든지 교사가 된 이상 세상에 대한 책임을 가지고 최선을 다하십시오! 힘내십시오!'

꿈이 없는 자유

—蒼蒼蒼蒼蒼蒼蒼蒼

꿈꾸지 않고 물 흐르듯이 살았으나
많은 것이 운명이었다.

꿈꾸기를 강요하는 시대가 되었다. 아이들은 독서조차 정해진 꿈에 맞춘다. 방과 후 수업은 말할 것도 없고 교육과정 속의 수업조차 꿈꾸기와 관련 있어야 들을 준비를 한다. 슬픔을 넘어 분노를 느낀다. 겨우 10여 년을 산 아이들이 보여주는 재능으로 꿈을 결정하기에는 인생은 너무 길다.

인생이 꿈꾸는 대로 살아지지도 않지만 꿈꾸지 않은 삶을 살았다고 실패한 것도 아니었다. 적어도 내 경우에는.

내가 과학교사가 된 것은 인생의 반전이다. 학창시절 나는 과학 열등생이었다. 학교 성적을 기준으로 직업을 결정하고 선택해야 했다면 적어도 과학 선생은 내 직업이 될 수 없었다. 다른 과목과 달리 유독 과학은 노력해도 어렵고 힘들었다. 재능과 소질이 중요한 예체능조차 맘만 먹으면 원하는 성적을 얻었다. 오로지 과학만은 노력해도 넘지 못할 산과 같은 교과였다.

고등학교 2학년 무렵 나는 자퇴서를 써서 가방에 넣고 다녔다. 예습이나 복습은 물론 시험공부조차 손을 놓고, 간신히 학교 수업만 참여하며 지냈다. 아버지의 파산으로 더 이상 학교를 다니기 어렵다고 판단했기에 마음속으로는 이미 자퇴를 결정했다. 다만 울타리가 되어주는 학교를 벗어난 후 만날 세상에 대한 두려움으로 거의 1년 가까이 어떠한 결정도 못 하고 진퇴양난의 시간을 보내고 있었다.

다른 과목은 그럭저럭 성적을 유지했다. 그러나 과학 성적만은 바닥을 쳤다. 수업을 이해할 능력도 관심도 부족했던 것이다. 그런데 희한하게도 학교에서 실시한 적성 검사 결과지에는 '과학자'가 적성으로 명시되어 있었다.

학교를 그만두고 동생들을 돌봐야 하는 것이 아닌가 하는 우울하고, 조숙한 모성애로 날마다 마음이 들끓었다. 외가가 다행히 비빌 언덕이 되어주고 있었지만, 학비와 생활비를 마련해 가면서 대학에 다닐 자신이 없었다.

학비는 물론 생활비까지 보조해주는 대학이 있다는 정보를 얻지 못했다면 어쩌면 나는 고등학교 졸업을 하지 못했을 것이다. 그 정보를 안 이후 생활비까지 제공하는 대학을 목표로 입시를 준비했다.

그렇게 어중간한 절실함으로 시험을 보았고 다행히 입시 결과는 괜찮은 편이었다. 지금도 그렇지만 당시에도 SKY를 몇 명 보내느냐가 학교의 성적표였다. 우리 학교도 예외가 아니었다.

S대 입학원서를 쓰는 것을 당연하게 여기시는 담임 선생님 앞에서 나는 처음으로 울었다. 고등학교도 간신히 다녔던 집안 사정을 눈물과 콧물이 범벅인 상태로 쏟아 놓았다. 신세 한탄 같은 원서 상담이었다.

처량한 신세타령을 말없이 들은 선생님은 그냥 '고맙다'고 하시며 학비는 물론 기숙사비에 학비 보조금까지 받을 수 있는 신생 사대를 선택하는 결정을 조용히 인정해 주셨다. 그때 나는 학비, 생활비뿐만 아니라 기거할 곳도 있어야 대학을 다닐 수 있었다.

그것이 운명의 시작이었다. 원서는 사대 수학교육과로 썼다. 원서를 제출하러 가서야 시 추천 인원 24명 중 수학 전공이 애초에 없다는 것을 뒤늦게 알게 되었다. 새로 생긴 사대의 입시 전형이므로 담임 선생님조차 모르는 것은 당연했다. 담임 선생님은 내게 물어보지도 않고 생물전공으로 수정하여 원서를 제출하셨다. 인생이 이렇게 허무하게 결정되기도 하나 싶었다.

만약 내가 학부만으로 공부가 끝났다면 수학 선생으로 살지 못한 것에 대한 한을 평생 안고 살았을지 모른다. 수학을 풀 때 가장 즐거웠으니 과학 선생이 된 것은 운명의 장난이라고 서슴지 않고 말했을 것이다. 수학은 그만큼 미련을 남겼다.

학생들을 가르치고 대학원에서 실험 테마를 잡고 오랜 시간 연구에 몰두하면서 비로소 나는 과학이 주는 행복을 알았다. 그 옛날 오랜 서성임 끝에 수학 한 문제를 풀고 난 뒤 느꼈던 행복감과 같은 것이었다. 석박사 과정 내내 행복은 반복적으로 찾아왔다.

대학원 시절 나는 무수히 많은 시행착오를 겪었다. 그런데 그런 시행착오가 오히려 삶을 풍요롭게 했다. 수학 문제를 풀기 위해 서성였던 시간과 똑같은 방법으로 과학자들 또한 지적 서성거림을 되풀이한다는 것을 몸으로 겪었다. 나는 그렇게 탁 트인 신작로가 아닌 자갈길을 걸어 우연히 과학교사가 되었다.

그래서 나는 특정 교과를 잘하는 아이에게 그 분야의 진로를 선택할 것을 강요하는 입시 제도를 보면 마음이 불편하다. '집 – 학교 – 학원 – 집' 태엽을 감아 놓으면 꼭 그만큼만 움직이는 현실의 십대들에게 왜 꿈이 없냐고 묻는 것은 가혹한 폭력이라고 생각한다. 꿈이 없는 것을 부끄러워해야 하는 것은 아이들의 몫이 아니다.

미추홀의 사계

---❋❋❋❋❋❋❋---

봄이 오는 공원, 계절이 바뀌는 미추홀 공원에 서면 가슴이 뜨거워진다.
초봄 미추홀공원을 걷다 보면 저마다 자기 나름의 혹독한 북풍을 견디고 있는
아이들 생각이 난다.

이른 새벽이면 나는 어김없이 미추홀공원을 걷는다. 새벽시간이 좋
고 걷는 것이 좋다. 새벽에 걷는 것은 내게 치유의 시간이다. 태풍이나
강한 북풍이 몰아칠 때가 아니면 나는 미추홀에서 새벽을 맞는다.

미추홀공원을 걸으며 해마다 사계를 경험한다. 북풍이 몰아치는 겨
울이 되면 이 공원에서 다시는 꽃을 못 볼 것 같은 두려움을 갖고 걷
는다. 그러나 봄이 되면 공원 가득 꽃이 핀다. 계절마다 피는 꽃들을
보며 생명의 강인함과 영속성을 생각한다. 아이들도 저 나무들과 같
을 것이다. 저마다의 이야기를 안고 내면의 봄과 여름 그리고 가을과
모진 겨울을 겪고 있을 것이다.

미추홀공원의 봄은 노란 산수유로 시작된다. 노란빛의 봄, 추운 겨울을 견디고 핀 산수유를 보면 나는 나도 모르게 '고생했다'는 말이 나온다. 산수유가 만개할 때쯤이면 목련꽃과 벚꽃의 봉오리가 달린다. 산수유는 다음 꽃들에 자리를 양보하고 조용히 물러간다. 아침과 저녁이 서늘하여 아직 여름이라고 말하기에는 이른 시기지만 발아래 무리 지어 피어 있는 보라색 꽃들이 있다. 혼자 살지 말고 함께 살라는 가르침을 주듯 꽃잔디는 무리 지어 공원을 환하게 밝힌다. 공원길을 걷다 보면 나무 사이사이로 개나리, 진달래가 숨어 있다. 가까이 가야 보이는 제비꽃은 소박함도 충분히 아름다울 수 있음을 말해주고 있다.

향이 강한 여러 꽃내음이 바람에 실려 아파트 마당까지 퍼지기 시작하면 여름이 시작된다. 라일락을 시작으로 이팝나무와 아카시아꽃이 흐드러지게 피어 있다. 꽃향기를 통해 나무는 벌에게 자신의 위치를 알려준다.

나뭇잎이 꽃을 가릴 시간이 되면 산딸나무와 같이 잎과 꽃이 구분이 안 되는 꽃이 나뭇잎 사이로 숨어서 수줍게 피어 있다. 하늘매발톱 역시 고개를 숙이고 피어 있다. 잎이 흐드러지게 풍성해야 광합성을 통해 생존을 위한 먹이를 확보할 수 있음을 꽃들도 알고 있으므로 스스로 낮춰 살고자 하는 것이다. 생존을 위해 고개를 숙이는 모습이 인간과 많이 닮았다.

황금빛 물결을 이루는 금계국을 볼 때면 혼자 있는 것보다 역시 함께 하는 것이 아름답다는 생각을 하게 된다. 구절초나 쑥부쟁이가 보이면 미추홀공원에 여름이 조금씩 물러가고 있다는 것을 느낀다.

닭의장풀이 발아래 지천일 때 고개를 둘러 주위를 보면 무궁화꽃이 만개해 있다. 그 무렵이면 산야 구석구석에서 생명력을 자랑하는 여뀌꽃이 지천이다. 그렇게 가을이 오고 나무들은 푸른 힘을 잃어간다. 공원에 핀 진홍색의 싸리꽃은 겨울이 가까워져 왔음을 알린다. 그리고는 한순간 공원 전체가 붉어지다 겨울이 닥친다.

움직임이 거의 없고, 식물의 성장도 볼 수 없는 겨울이면 두렵기조차 했다. 혹독한 겨울로 인해 생명이 사라질 것이라는 상상을 한다. 그러나 그 겨울을 살아내면 역설의 희망을 품게 된다. 매섭고 아픈 겨울을 살아내기만 한다면 아름다운 꽃이 필 것이기 때문이다. 미추홀의 사계에는 언제나 생명이 있었다.

어떤 점에서 아이들은 미추홀의 사계를 닮았다. 만나는 아이들 모두 각자의 환경과 이야기를 가지고 봄과 여름, 가을과 겨울을 겪고 있다. 다만 10대 후반의 아이들이 자연의 사계와 다른 점은 하루에도 사계절이 뒤섞일 수 있다는 것이다. 아이들의 내면은 순차적이지도 않고 1년 내내 겨울일 때도 있다. 어떤 아이는 내가 만나는 바로 그 시기에 혹독한 겨울을 겪고 있을지도 모른다. 부정적 자아개념, 좌절, 적개심, 열등감, 우울증, 분노조절 능력 결핍 등 그들이 겪는 내면의 겨울은 내가 생각하는 것보다 혹독할 수 있다.

미추홀공원의 사계를 해마다 만나면서 나는 겨울의 힘을 믿게 되었다. 죽어 있는 것처럼 보여도 찬란한 봄을 준비하는 단단한 겨울. 아이들도 그랬다. 겨울을 겪고 있는 아이들도 봄바람을 만나면 환하게 꽃을 피웠다.

올해도 자연 속에서 숙명을 보았다. 한 알의 씨앗이 그만의 고유한 삶을 진행해 가는 것을 보았다. 잎이 먼저 돋고 꽃을 피우든 꽃이 피고 잎을 돋우든 꽃은 자신만의 숙명을 가지고 피고 지는 일을 하고 있다. 변화하는 자연을 보며 내가 만나는 아이들도 그들만이 가진 숙명이 있다고 생각한다. 아이들은 이 꽃들보다 더 강하다.

어바우트 타임

⸻ ❋❋❋❋❋❋❋ ⸻

가족을 만들고 부대꼈기에 나는 찬란하게 성장했다.

우연히 보게 된 영화의 한 장면이 꽤 오랫동안 기억에 남는다. 강한 바람과 비가 내리는 날씨 때문에 공들인 차림새가 엉망이 되고 천막이 무너지며 마당에 마련한 피로연 음식마저 뭉개지는 장면이 인상적이었다. 갑작스러운 기상변화로 결혼식은 엉망이 되지만 웃으면서 뛰어가는 팀과 메리의 모습 또한 강렬했다. 영화 〈어바우트 타임〉에서 감독의 의도는 슬로우비디오의 세심한 기법 속에 녹아 있었다.

시간여행을 주제로 하는 이 영화를 보면서 나는 속절없이 내 과거의 어떤 순간으로 빠져들었다. 그 날은 내가 가르친 학생들의 졸업식이었다. 일 년간 애정을 쏟으며 같이 지낸 아이들을 떠나보내야 하는 날이었다. 이제야 서로를 이해할 수 있고 어떤 말을 해도 고깝지 않게 듣는 아이들이 되었는데 그들을 떠나보내야 하니 마음이 착잡했다. 같이 보낸 시간만큼 서러움도 즐거움도 있었기에 아이들은 졸업식장에서 나를 보고 눈물을 흘렸다.

졸업식이 끝나고 식장이 정리될 즈음 지인이 재촉해서 같이 저녁을 먹으러 갔다. 인상 좋은 한 남자가 이미 그 자리에 앉아 있었다. 삼 년간 고락을 같이한 아이들과 헤어진 날이니 마음이 쓸쓸했다. 허전한 마음에 나도 말이 많아졌던 것 같다. 인상 좋은 그 남자와 대화가 이어졌다. 어쩌면 대화의 주요한 내용보다는 그의 표정에서 느껴지는 진실성이 순진한 처녀에게 설렘으로 다가왔다.

그 무렵 나는 무수히 많은 어려움을 겪으며 단단해져 있어 자신감이 충만했고 심리적으로 안정되어 있었다. 고등학교 자퇴를 생각할 정도로 어려웠던 가정형편도 과거의 일처럼 웃으면서 말할 수 있을 정도로 마음에 여유가 생겼다. 등록금을 못 구해 고등학교 합격을 포기할뻔한 동생들을 남겨두고 대학을 간 이기적 선택에 대한 죄책감과 마음의 짐도 잘 커 준 동생들로 인해 극복되어 있었던 때였다. 인상 좋은 남자는 내 마음을 차지했고 나는 곧장 결혼을 단행했다. 운동권 출신에 딸부잣집 외아들인 그에 대해 가까이 있는 가족과 친구들은 '하필이면'이란 말로 염려를 표했지만 중요한 것은 내 결정이었다.

만약 그 날이 허전한 졸업식 날이 아니었다면 인상 좋은 그 남자가 설렘으로 내 삶 속으로 들어올 수 있었을까. 어쩌면 그냥 스치는 인연으로 그쳤을지도 모를 일이다. 또 당시 내가 자부심 넘치는 페미니스트가 아니었다면 가난이 보장된 결혼의 불구덩이로 뛰어들었을까 하는 생각도 들었다. 영화 〈어바우트 타임〉은 이렇듯 인생을 반추하게 하는 어떤 힘이 있었다. 결혼을 안 했다면 내 삶은 달라졌을까. 두 아이의 엄마가 아닌 삶이 과연 자유롭고 풍요로웠을까.

영화 〈어바우트 타임〉의 결혼식 장면은 예측불허의 인생과 결혼 생활을 압축적으로 상징하는 어떤 것이었다. 정말 결혼 생활은 그 우스꽝스러운 결혼식같이 예측불허였다. 날마다 강한 비바람이 불었다. 순간순간 진흙에 미끄러져 머리와 차림새는 신경 쓸 겨를이 없었다. 두 아들이 성장할 때는 아침저녁으로 태풍이 찾아왔다.

수많은 일 가운데 가장 어려웠던 과제가 '아이 키우기'와 '너무나 다른 두 사람이 한집에 살아가기'였다. 현관 밖에 있는 우유와 신문 중 신문만을 들고 화장실로 뛰어가는 남편의 행동을 바꾸는 데 삼 년이 걸렸다. 분윳값조차 부족한 가난의 재현, 전기료, 난방비 등 아낄 수 있는 것은 무엇이라도 아끼고 살아야 하는 생활, 끼를 가진 아이를 보면서 모른 척해야 하는 현실 등 혼자 살았으면 겪지 않아도 될 고통을 넷이 살아가면서 겪었다. 자신만만한 한 여자를 나락으로 떨어트리기에 충분할 만큼 결혼은 곳곳에 비참한 함정이 도사리고 있었다.

그럼에도 너무나 다른 두 사람이 한집에 살며 아이를 낳고 키운 그 시기가 인생에서 가장 찬란한 시기였다. 예측할 수 없는 새로움은 고통이면서 설레는 행복이었다. 첫 아이를 키우며 낳은 둘째는 또 다른 새로움이었고 더 설레게 했다. 다시 키워도 같은 일을 또 해도 지루하지 않다는 것을 안다는 것만으로도 아이의 존재는 신비했다. 셋째를 낳았어도 아마 다시 새로운 경험을 만났을 것이라고 자신 있게 말할 수 있다. 가장 큰 인내와 끈기 그리고 지혜를 필요로 하는 것이 사람을 키우기는 일이었다. 그래서 30년 동안 학교와 집에서 아이들을 키웠던 일이 내 삶에서 가장 가치 있었다고 감히 자부한다.

영화 〈어바웃 타임〉의 팀처럼 과거로 돌아가 실수를 바로잡을 수 있다면 우리 삶이 더 나을까. 그럴 수 있다면 지난 실수를 곱씹는 회한은 줄어들지도 모른다. 그러나 또 다른 선택이 더 큰 회한을 남기지 않는다고 어찌 장담할 수 있을까. 그런 점에서 과거의 인생을 바꿀 수 있는 것은 지금 현재 이 순간일지도 모른다. 지금 나에게 주어지는 시간과 환경에 만족하고 바로 이 순간에 충실한 것이 나의 소명일 뿐이다. 나는 결혼을 하고 두 아이를 키우며 아내로 엄마로 그리고 넉넉한 교사로 성장할 수 있었다.

아들을 키우며

────※※※※※※※────

좌충우돌, 질풍노도, 예측불허인
두 아들을 키우며 나는 학생들을 보는 관점이 유연해졌다.
아이들은 크면서 백 번은 변한다.

더할 나위 없이 평온한 오후였다. 가족 모두 각자의 방에서 책을 읽고 있었다. 거실 깊숙이까지 들어오는 햇살은 마치 평화로운 가정을 입증하는 증거처럼 따뜻했다. 6년씩이나 집착했던 논문 주제 실험도 끝을 보여 학위 논문을 막 청구한 시점이었다. 주경야독으로 지쳐있다 갑자기 주어진 한가로움에 가슴이 설렜다.

가슴 가득 행복감을 안고 온 식구가 있는 그 시간을 즐기려고 시장 가방을 챙겼다. 간식거리를 사 들고 돌아오는 길에 아파트 우편함의 우편물을 우연히 보았다. 큰아이 우리의 성적표였다. 어떤 불안한 예감 때문이었을까. 성적표를 들고 들어오며 공부를 게을리하는 큰아이를 변호하고자 남편에게 너스레를 떨었다.

"여보, 큰놈 우리 성적표가 학교에서 왔네, 시험 때 공부도 잘 안 하던데 아마 성적이 형편없을걸. 엄마가 바빠서 신경을 못 쓰니 아이 성적이 그렇지 하고 어지간하면 이해합시다."

자식 교육은 엄마의 임무라고 믿고 사는 남편에게 그렇게 말하긴 했지만 난 큰아이를 믿었다. 기초 상식과 어휘력이 풍부하고 지금까지 학교생활에 큰 문제가 없으니 공부를 게을리했다 해도 중간 정도는 할 것이라 어림짐작했다.

문제 행동을 몇 가지 드러내긴 하지만 심각하게 받아들이지 않았다. 아이들이 크는 과정에서 겪는 자그마한 일탈이라고 생각했다. 엄마가 잔소리하지 않아도 필요한 공부를 위해 학원도 찾아다니고 시험 때는 독서실도 다니면서 공부를 포기하지 않는 아들의 모습을 보았기에 든든하고 자랑스럽기도 했다.

봉투를 뜯고 성적표를 열었다. 성적표에 찍힌 점수 중에 10점대가 보였다. 450명 정원에 400등을 넘는 성적도 여러 개였다. 다른 숫자들도 보였지만 의미가 없었다. 시험지를 받자마자 답안지에 줄을 세우고 엎어져 자던 아이가 바로 그 든든하고 자랑스럽게 생각했던 큰아들이었다. 그동안 아이는 부모를 속이며 시간을 보내고 있었다. 해마다 학교에서 만나던 문제아들의 전형이었다.

그때까지 나는 수업을 방해하거나 수업을 안 하려고 떼쓰는 아이들을 용서하지 않은 엄격한 교사였다. 공부를 열심히 하지 않은 학생들에게는 두 배 세 배로 숙제를 내주며 공부를 시켰다. 여학생이거나 남학생이거나 흡연을 하는 학생이면 지옥까지 쫓아간다는 마음으로 쫓아다니며 막았다. 폭력과 절도로 경찰서를 드나드는 아이들을 차갑게 쳐다봤다. 청소년기에 겪는 한때의 일탈을 따뜻한 마음으로 감싸주지 못했던 나는 아들의 성적표를 본 순간 모든 것이 무너지는 것 같은 느낌에 사로잡혔다.

그로부터 10여 년의 시간이 흘러 아들은 대학에 들어가고 혼자 자취를 하며 자기 길을 개척하고 있다. 벌써 성인이 된 아이를 보고 웃으면서 말한다.

"엄마는 울 아들이 이렇게 변할 줄은 몰랐네."

그 성적표의 주인공 우리가 오랜만에 집에 왔다. 대학 근처 서울에 방을 얻어 지내다 2시간 거리인 인천에 오면 아들은 엄마 옆에 앉아 두런두런 얘기 나누기를 즐긴다.

계면쩍게 웃는 큰아이가 뜬금없는 말을 건넨다.

"엄마, 우리 두 형제 키운 얘기를 책으로 써보세요. 두 아들이 속 썩인 이야기를 글로 쓰면 아이 키우는 엄마들에게 희망을 줄걸요. 두 형제 모두 롤러코스터를 타기는 쉽지 않잖아요."

"엄마는 엄마들을 위한 책이 아니라, 엄격한 교사생활을 하는 젊은 선생님들을 위해 글을 써보고 싶어."

"왜요?"

"문제아 아들을 키우면서 문제아를 보는 눈이 달라진 거지. 엄마와 같은 편견을 가졌을 선생님이 있다면 엄마의 경험을 전해주면서 생각을 바꿀 기회를 만들어 주고 싶어. 엄격한 교사의 시각을 바꿔주고 싶어서."

"엄마는 시각이 어떻게 달라졌는데요?"

"엄마가 너를 키우며 지켜봤잖아. 어릴 때의 너를 보고 누가 문제아의 부류에 속할 것을 상상했겠니. 모범적이기만 했던 아들이 답안지에 줄을 세우고 부모를 속이고 팸을 조직해서 학교의 문제아들이 하는 행동을 앞장서서 하는 것을 보게 되었던 거지. 그러면서 문제아가 문제가 아니라는 생각을 하게 된 거지."

"엄마, 사실 그때 제가 왜 그랬는지 저도 모르겠어요. 오르지 않는 성적 때문에 자존심이 상하면서 공부 외의 것에서 튀고 싶은 마음이 컸던 것 같긴 하지만 지금 생각해도 어이가 없어요. 한편으로는 세상에서 나만 불행한 것 같은 생각에 될 대로 되라는 생각이 있기는 했어요."

"엄마도 그때 우리 아들이 모든 것을 포기하면 어쩌나 하는 생각에 무척 불안했다. 그래도 그 시기를 잘 극복해 줘서 고맙지."

"엄마가 그날 이후 공부에 대해 잔소리하지 않겠다고 선언한 것이 변화의 동력이 되었을지도 몰라요. 그때까지 부모의 기대에 부응하지 못하면 어쩌나 하는 불안감에 공부하는 척했다고 한다면 그 이후에는 나를 위해서 공부해야겠다고 생각하게 되었으니까요."

"사람이 큰일을 당하면 작은 일 정도는 아무것도 아니잖니. 아들의 인간성에 대한 의심이 생기니까 성적이 나쁜 것 정도는 아무것도 아니더라. 그래서 그런 과감한 발언을 한 거지. 아이러니하게 성적표를 받은 날 성적표를 원치 않는 부모로 다시 태어난 거지."

내 아이가 답안지에 줄을 세우고 엎어져 잘 수 있다는 것을 알기 전에는 선생으로서 그런 아이들을 진심으로 이해하려는 마음이 없었다. 앵무새처럼 반복된 잔소리와 강압적 행위로 공부하지 않는 것에 대해 책망만 했을 뿐이다. 아이들의 자잘한 일탈에 관대하게 된 것은 시간이 주는 힘이기도 하지만 자식을 키우며 만났던 어려움으로 인해 삶에 유연함이 생겼기 때문일 것이다.

아이들이 한참 내 속을 썩이던 몇 년 동안 답답함에 전화를 걸면 할머니는 한결같은 말을 전했다.

"아이 크면서 몇백 번 변한다. 무조건 믿어라."

길을 잃은 학교

벽관에 갇힌 교사들

─※※※※※※※─

규제가 만든 무형의 감옥,
그 캄캄한 벽관에 교사들이 있다.

수업을 모두 끝내고 교무실로 가는데 방송이 나왔다. 일과가 끝난 후 교직원회의를 한다는 내용이다.

회의장 입구에 6쪽짜리 보고서가 준비되어 있었다. 교직원회의가 진행되기까지의 과정이 눈에 그려졌다. 강남 S여고 교무부장의 쌍둥이 딸의 성적 조작 파문에 대해 교육청이 발 빠르게 대응했다. 아마 며칠 전쯤 교무부장이 그 회의에 참석했을 것이다. 그리고 책 한 권의 지침서를 6페이지로 요약하며 밤샜을지도 모른다. 교육청 관계자는 각 학교에 이와 같은 회의를 며칠 내로 진행하라는 명령을 하달했을 것이다.

말이 회의이지 발표자는 한 명이다. 여섯 페이지에 달하는 자료를 토씨 하나 안 빼고 읽는 회의다. 자료에는 규정과 조치사항이라는 단어들로 채워져 있다. 성적에 관련된 모든 교사는 '비위의 대상'이라는 가정 아래 단계 단계마다 여러 지침이 적혀 있다. 교사가 조심해야 할 사항에는 밑줄도 그어져 있다.

사건이 일어날 때마다 지침과 규정으로 교사의 손발을 옭아매고 있다. 사건이 있을 때마다 그렇게 해 왔다. 규정을 지키기 위한 규정을 만들면서 교사는 점점 숨쉬기가 어려워지고 있다.

서대문형무소 역사관에 있는 벽관이 생각난다. 한 사람이 차렷 자세로 서 있을 공간만 있어 이틀이면 전신 마비가 온다는 벽관. 오늘 밤에 또 그 안에 갇히는 악몽을 꿀 것 같다. 이런 회의가 있는 날이면 꾸는 악몽이다.

어느 봄날에 치밀었던 가슴 속 울화가 떠올랐다. 수학여행 인솔 계획의 책임을 맡았던 해였다.

"선생님, 제주 경찰청에 공문은 보내셨나요?"

내 앞에 있는 이가 채근하듯이 말하는 말투가 거슬리기 시작했다. 세월호 사건 이후 강화된 안전지침을 제대로 시행하고 있는지를 확인하기 위해 일부러 시간을 낸 컨설팅위원이기에 감사하다고 생각하고 그를 맞았으나 그의 권위적 말투가 거슬렸다.

"예, 아직 시간이 남아 있어서 생각만 하고 있습니다. 체험학습 일주일 전쯤에 공문이 도착하도록 시행하겠습니다."

난 다소곳이 말했다. 지난번에 배포한 체험학습 운영 지침서에 있는 내용이니 이의가 없었다. 그다음이 문제였다.

"선생님, 이 계획은 취소하세요. 지금이 어느 땐데 요트 탑승 계획을 세운 겁니까?"

이미 제주 답사를 2회나 진행했고 지난해 아이들의 선호도에 대한 설문조사와 답사를 통해 본 이동 경로를 고려해 계획서가 만들어져 있다. 계획된 내용을 가지고 경비를 산정했고 학교운영위원회도 통과한 상태였으니 내 앞에 있는 행정가의 말은 막무가내의 폭언에 가까웠다.

난 그를 마음속으로 노려봤다. 그러나 불행히도 그는 갑이었다. 군이 그의 비위를 거스르게 할 필요는 없다고 생각했다. 그 스스로가 갑이라는 것을 충분히 인식하도록 부족한 듯 모자란 듯 처세하는 것이 최선이라는 것을 경험으로 알고 있기에 다소곳한 태도로 말을 이어갔다.

"예, 무슨 말씀인 줄은 알겠습니다. 전통적으로 우리 학교 학생들에게 가장 선호도가 높은 체험 프로그램이라 뺄 수 없었습니다. 두 번의 답사에서도 안정성을 충분히 검토했습니다. 오랫동안 안전하게 체험 프로그램을 운영했던 업체라는 점도 확인했습니다. 그날 기상조건 등 상황이 조금이라도 좋지 않으면 과감하게 체험 프로그램을 포기하겠습니다."

내 말이 끝나자 수긍하는 표정을 보이던 그는 이번에는 업체의 인증서를 가져오라고 했다. 그런 체험 프로그램을 운영하는 업체에 공식적으로 내주는 인증서로 정부기관 중 어디 어디서 발행된 것만 가능하다고 말하는 것이었다.

이 분이 내가 행정실 관계자라고 오해한다는 생각에 나는 되물었다.

"수업하는 제가 그 인증서를 가지고 있어야 하나요."

그러자 그는 웃으면서 말하는 것이었다. 물론 그 웃음 속에는 비난의 표정이 역력했다.

"선생님이 수학여행 담당 선생 아니신가요?"

참아야 했으나 나는 폭발했다. 참을 수가 없었다.

"수업하는 제가 허가업체인 것만 확인하면 되는 거 아닌가요? 무슨, 무슨 인증서를 가진 것까지 제가 확인할 몫인가요? 그럼 행정하시는 분들은 뭐하는 거죠? 제주도청은 뭘 하는 곳이고 해양수산부는 뭐하는 곳이죠? 그곳에 지금까지 그렇게 많은 아이들이 체험 프로그램에 참여했고 그것으로 돈을 벌고 있다는 것을 알고 있을 텐데 그런 걸 확인하는 담당부서도 없었던가요. 아이들이 가서 교육할 수 있는 장인지 아닌지조차 확인하는 일이 교사가 해야 하는 일인가요. 한걸음에 달려갈 수도 없는 그곳의 일을 수업하는 제가 모두 확인해 봐야 했던 건가요. 댁이 지금 지적하는 것들이 교사인 저한테 컨설팅해야 할 내용 맞나요?"

속사포처럼 나오는 대로 쏟아냈다. 내가 하는 말이 논리적인지 비논리적인지를 생각할 겨를이 없을 정도로 이성을 잃고 말았다.

물론 그 죄 없는 컨설팅위원은 질문에 대한 답변은 피하고 내 책임이라고만 했다. 뜨악한 표정으로 내 눈도 안 쳐다보고 그는 황급히 자리를 떴다.

4월에 있을 수학여행을 위해서 2월 말부터 너무나 많은 일을 하여 파김치가 된 상태였다. 그날까지 여러 번의 회의와 검토의 과정을 거쳐 계획서를 완성하고 이미 체험비 징수에 들어간 상태였다. 수학여행을 인솔하기도 전에 2학년 담임들은 고단함을 토로하던 때였다. 아마 나도 그 고단함과 피로함에 하지 말아야 할 말을 죄 없는 그분께 쏟아냈는지 모른다.

책 한 권 두께의 규제와 지침을 정하는 것은 행정가이지만 이를 숙지하고 그대로 행해야 하는 것이 교사의 업무다. 무슨 업무를 맡든 A부터 Z까지 교사의 일이라고 우기고 보는 것도 행정가의 한계이자 지침서의 내용이다.

수업하지 않는 권력의 편의적 감독과 규제를 볼 때마다 교사는 수

업만 조용히 하는 복지부동의 길로 가는 것이 옳은 것 같다는 생각이
든다. '학생이 있는 곳에 교사가 있어야 한다'라는 절대적 명제를 제
맘대로 정해 놓고 교사를 부리는 머리 좋은 이들의 관행을 보며 살아
왔다.

보이지 않는 벽관에 교사들이 갇혀가고 있다.

스펙으로 무장한 수재

—✴✴✴✴✴✴✴✴—

학생부 종합전형과 격화된 경쟁이
괴물들을 만들고 있다.

K가 교무실을 점령했다. 어제저녁 인문사회과에서 치러진 토론대회 예선에 대해 큰소리로 항의 중이다.

"선생님, 어제 과학과 토론대회 결선에 참여하느라 사회과 토론대회 예선에 참석 못했어요. 대회 날짜를 미리 조정해 주셔야 되잖아요. 저처럼 2개 행사에 모두 참석하고 싶은 학생도 있잖아요."

"3월에 이미 공고한 내용이니 너한테 중요한 대회만 참석했어야지. 한 대회는 인문계를 위한 대회이고, 다른 대회는 자연계 학생을 위한 대회인 걸 너도 알잖아."

담당 선생의 설명에도 K는 막무가내다.

"저처럼 두 대회 모두 참석하고 싶은 학생도 있잖아요."

아래위로 눈을 굴리면서 말하는 아이 앞에서 토론대회를 담당한 선생님은 답변을 하면서도 어쩔 줄을 몰라 했다.

"저, 교장 선생님 찾아가겠어요."

말을 끝낸 학생은 문을 쾅 닫고 교무실을 나갔다.

입시에 학생부 종합전형이 생기면서 고등학교에서는 대회와 행사를 만드느라 교육할 시간이 없어졌다. 제도가 처음 시행될 시기에는 학교에 따라 특색 있는 대회가 있었다. 해가 거듭되면서 학생, 학부모, 관리자의 요구에 따라 대회가 만들어지고 또 만들어졌다. 이제 이 학교나 저 학교나 특색 없는 행사를 위한 행사에 에너지를 쏟아붓고 있다.

수업 외에 남은 시간에 치러져야 하는 대회니 만큼 대회를 치를 절대적인 시간이 부족하다는 딜레마에 빠져 버렸다. 비슷한 성격의 행사는 같은 시간대에 동시에 치를 수밖에 없다. 대부분의 행사 및 대회가 한 달 전에 공고가 되니 K의 항의는 공고 직후에 했어야 했다. 담당교사가 쩔쩔맬 일이 아니지만 K는 언제나 교사를 초라하게 만드는 독특한 능력이 있다.

그런 K가 3학년으로 진학한 뒤 대학 추천서를 써 달라고 찾아왔다. 난 K의 추천서 부탁을 거절했다. 학년을 끝내고 마음으로 결별했던 학생이기에 추천서에 응할 수 없었다.

나는 '남을 배려하는 것, 타인과 공감하고 소통할 수 있는 것, 정직한 것, 법을 준수하는 것, 정의로운 것, 책임감이 강한 것' 등과 관련된 기억을 살려 대입 추천서를 쓰곤 한다. 때론 '자신이 잘하지 못하는 것을 알고 노력하여 극복하고자 하는 모습'도 기억했다가 쓴다. 친구의 장점을 보고 닮고 싶어 하는 예쁜 마음도 내가 적어주고 싶어 하는 대목이다. 나는 교사 추천서를 쓰면서 성적은 다소 떨어지지만 지켜보면 비상할 수 있는 학생이라는 것을 강조하고 내가 본 기억을 살려 미주알고주알 적곤 한다.

추천서를 부탁한 K는 전교 1등을 놓치지 않는 수재였고 매우 박학다식했다. 수업 참여도가 부족한 요즈음의 고등학교 교실에서 활발하게 질문을 하고 교사와 문답을 주고받을 수준이 되니 표면적으로는 매우 활달하고 바람직한 학생이었다. 자연계 학생이지만 역사나 사회적 문제에 대해 뚜렷한 주관을 가지고 있는 것도 요즘 보기 드문 인재였다. 수업 중 논쟁을 좋아하는 K는 자신의 관점과 맞지 않으면 교사가 의견을 철회할 때까지 끝까지 가는 것으로 학내에서 유명하다.

교사와의 논쟁을 흥미롭게 지켜보던 아이들도 K로 인해 수업 진도가 늦어지는 것을 불안해하며 짜증을 내거나 그만하라고 소리치곤 한다. K는 휴직이나 병가로 인해 결원자리가 생겨 오게 된 기간제교사와는 더 격하게 논쟁을 이어간다. 교무실까지 쫓아오며 악착같이 자신의 우위를 설명하는 K에게서 간간이 입꼬리가 올라가는 경멸의 웃음을 본 적도 있다.

K는 자신의 수업 독점에 짜증을 내는 학급 아이들의 말은 들은 척도 안 한다. 그러나 학급에서 조금 어리바리한 친구가 드물게나마 선

생님께 질문하면 어이없다는 표정으로 그 친구를 쳐다보곤 했다. 두려움이 느껴지는 아이였다.

그런 아이가 추천서를 원하는 것이다. 난 교사의 양심상 거절할 수밖에 없었다. 그래도 K는 무난하게 명문대에 진학했다. 학생부 종합전형으로.

성실하고 똑똑한 K는 희망진로를 미리 결정하고 단기간에 준비할 수 없는 항목들을 1학년 때부터 차근차근 챙겼다. 각종 대회와 동아리 활동 그리고 독서 기록 등 학생부를 채울 수 있는 모든 것에 참여하여 완벽한 작품을 만들었다. 때론 두 개의 행사가 겹쳐 참여할 수 없으면 학교 당국에 이의를 제기해 행사를 옮겨서라도 참여하였다. 참여한 대회에서 최고의 상이 아니라 장려상 정도를 주면 교내에 있는 심사위원 선생님들을 찾아가 따졌다. 드물지만 논쟁에 진 선생님의 경우 최종 결재 전에 상명을 뒤바꿔야 하는 굴욕도 당했다.

K는 모든 문제를 논쟁과 투쟁으로 해결했다. 국정농단으로 재판 중인 대한민국의 '인재'들 얼굴 위로 K의 싸늘한 표정이 오버랩되었다. 마음속에서 K를 떠나보내던 날, 그 아이보다 내가 옹졸한 사람이었기를 바라면서 하늘을 올려다보았다.

SKY캐슬에 갇힌 부모

'SKY도 못 보낸 주제에 감히 내게 충고를 해?'
말 없는 표정이 내게 그렇게 말하고 있었다.

M의 엄마가 상담을 청해 왔다. M은 학교 성적 최상위권의 학생이었다. 심성도 착하고 친구들과도 잘 지내기에 굳이 엄마랑 깊은 대화를 나눌 이유는 없었으나 상담을 요청했다. 상담을 하면서 아이 학교생활에 대해 칭찬을 하면 엄마의 얼굴은 환해졌다. 표정만 봐도 딸에 대한 사랑과 자랑스러움이 차고 넘쳤다. 아이에 대한 자부심이 넘쳤지만 가능한 한 아이에 대해 겸손하려는 교양도 있었다. 그런 엄마와 평화롭게 아이의 현재와 미래에 대한 이야기를 주고받았다.

그러나 옆에서 지켜보기에 아쉬운 점이 한 가지 있었다. M은 어떤 결정을 해야 하는 상황에서 답변을 즉시 못하고 엄마를 핑계로 미뤘다.

"요번에 반장에 출마해 볼 거니?"

"엄마한테 물어보고요."

"M, S대학에서 자연과학캠프가 있는데, 선생님들이 너 추천하던데 한 번 가볼래?"

"전 가고 싶은데 엄마한테 물어보고 결정할게요."

"축제 때 우리 반에서 댄스 공연한다고 하는데 너도 들어가 같이 해볼래?"

"와. 재밌겠어요. 하고 싶어요. 그런데 선생님 엄마 허락을 받아야 돼요."

"그런 거 정도는 엄마 허락을 받을 일은 아니지 않을까?"

"아니요. 모든 걸 엄마가 결정해야 한다고 엄마가 말했어요."

"지금까지 너의 모든 결정은 엄마가 한 거니? 고등학생인데 그게 가능해? 너 혼자 결정하고 싶지 않아?"

"이게 편해요. 엄마가 어디든 데려다주고 결정해 주니까 전 공부만 하면 돼요."

오래 지켜보다가 결국 나는 진지하게 한마디 충고를 했다.

"M, 공부해서 뭐 할 건데. 중요한 일을 하려고 공부하는 거잖아. 중요한 일은 중요한 결정을 내리는 일이야. 밑줄 긋고 시험 보는 것도 중요한 결정을 내리기 전의 연습이라고 생각하면 되지. 작은 결정을 내리는 연습을 해 봐야 진짜 중요한 큰 결정을 내리는 거지. 안 그래?"

내 충고가 주제넘은 것이었을까. 곧장 M의 어머니가 학교를 찾아왔다. 큰 변수가 없다면 SKY는 무난한 아이이기에 성적에 대해서는 크게 할 대화는 없었다. 친구들과의 인간관계도 무난하기에 주로 칭찬을 했다. 아이 칭찬 듣기에 익숙해 있고 그 칭찬을 들으면서 얼굴에 교양 있는 웃음을 짓던 엄마에게 아쉬운 점을 한마디만 했다.

"그런데 어머니, M이 뭐든 우수하지만 스스로 무엇을 결정하는 힘이 부족하네요. 뭐든 엄마에게 의지해요. 스스로 목표를 가지고 할 수 있는 능력만 키우면 좋을 것 같아요."

그 순간 M의 어머니가 뜬금없는 질문을 했다.

"죄송한데 선생님 아이는 어느 대학을 갔어요?"

"아, 예 상경대를 진학했는데요."

"아, 경영학과를 갔군요. 어느 대학 경영학과에 갔어요?"

SKY 캐슬

왜 갑자기 가정사를 물을까 하는 생각을 하면서 웃으며 솔직히 아이의 대학을 말했다. 답변을 듣고 나서 보이는 M 어머니 표정이 지금도 잊히지 않는다. 'SKY도 못 보낸 주제에 감히 내게 충고를 해?' 말없는 표정이 내게 그렇게 말하고 있었다.

자기 아이를 시험에 답안 쓰는 일 말고는 어떤 것도 스스로 결정할 수 없는 아이로 만든 학부모와 마주하고 있는 것이 부끄러웠다. 긴 시간 상담했던 내 자신이 너무나 한심했다. 학력사회 대한민국을 풍자한 드라마 〈SKY캐슬〉의 예고편을 나는 이미 오래전에 미리 보았다.

교사가 될 수 없는 교사

―문현희의 가르침

우리 반 친구들 모두 그 당시 마치
부모 없는 고아 같이 지냈어요.

"선생님, 왜 전 담임 복이 없을까요?"

"요한아, 무슨 말이니? 그 나이에 무슨 복 타령이야. 노인네처럼!"

"아니에요, 선생님. 그냥 해 본 말이에요."

3학년이 된 요한이가 오랜만에 찾아와 우물쭈물하며 뱉어 놓은 말
이 자꾸 신경 쓰였다. 작년까지만 해도 거의 매일 교무실을 들르던 아
이가 공부에 대한 부담이 컸는지 핼쑥해져서 들렀다. 평소처럼 쾌활하
게 교실에서 겪은 이야기로 수다를 떨다가 일어나면서 뜬금없이 뱉고
간 말이라 마음에 걸렸다.

요한이는 학교를 옮긴 첫해에 1학년 과학을 가르치면서 만난 아이
다. 그해는 3학년 남학생들과 수업에서 악전고투했던 시기였다. 유난

히 거칠었던 아이들과 수업 주도권 싸움을 하느라 지치고 어려웠을 때였기에 딱 한 반 가르치게 된 1학년 수업은 가뭄에 단비 같았다. 소란하긴 했지만 3학년 교실에서 느껴지는 학생과의 팽팽한 긴장감 같은 것이 없었기에 맘 편하게 수업을 했다. 교사에 대한 편견 따위는 애초에 없는 갓 입학한 아이들이기에 수업을 잘 따랐다. 요한이는 특히 친화력이 좋고 배려심이 돋보였다. 가끔 아이들 말투나 행동 때문에 당황해하면 수업이 끝나자마자 쫓아와 아이들의 언어 습관과 놀이문화 등을 알려주기도 했다.

2학년이 되어 요한이는 인문사회계열로 진로를 정했기에 수업에서 다시 만나지는 못했다. 그러나 교무실에 와서 자주 대화를 나누다 갔다. 붙임성 있고 친구들을 배려하는 태도 때문인지 2학년 때는 부반장을 했다. 요한이의 2학년 담임은 30대 후반쯤 되는 사회 선생님이었다. 언제나 조용했기에 교실에서 어떤 모습으로 아이들을 만나는지 몰랐다.

6월 어느 날이었다. 요한이가 와서 여느 날처럼 종알종알 떠들었다. 그러다가 억울하고 어이가 없다는 표정으로 질문을 했다.

"선생님, 담임 선생님이 제가 그 반에 속한지도 몰라요. 이름 아는 것은 기대도 안 해요. 그런데 제가 부반장인데 제가 그 반에 속한 것을 모르는 게 가능해요? 이상해요."

교사로서의 품성과 실력을 갖춘 이라도 유독 아이들의 이름을 못 외우는 이들을 본 적이 있기에 요한이의 실망스러운 말에 농담처럼 답했다.

"요한아, 네가 너무 호남형이잖아. 너랑 비슷해 보이는 아이들이 많아서 구별이 어려웠을 거야. 그리고 선생님이 널 보는 순간 갑자기 이름이 생각나지 않을 수도 있어. 선생님마다 장점이 다르니까 섭섭해하지 마라."

요한이는 한마디 더 하고 갔다.

"선생님, 사회시간이 너무 한심해요. 선생님이 아이들 얼굴도 안 보고 책만 쳐다보고 수업해요. 아이들은 수업시간에 자기 하고 싶은 것을 맘대로 해요."

그 뒤부터 같은 교무실에 앉아 있는 요한이의 담임을 관찰하기 시작했다. 교무실에 있는 시간이라도 동료와 대화를 거의 나누는 적이 없었다. 다른 교사가 질문할 때만 겨우 답하는 정도였다. 수업에 드나드는 시간 외에는 책상에 고개를 박고 뭔가를 했다. 가끔 학생들이 문제집을 들고 질문을 하러 오면 자리를 피하거나 손사래를 치며 다음에 오라고 내쳤다.

그러던 어느 날 '어떻게 저런 이가 교사가 되었나' 하는 생각이 절로 드는 사건이 발생했다. 학기가 바뀌면서 학생들에게 교과서를 배부해야 하는 날이었다. 겨우 몇 권의 교과서를 학급 아이들에게 나눠 주는 것에 대해 안절부절못하는 모습을 보면서 정상적인 상황이 아님을 인지했다. 그제야 급히 해야 할 담임 업무가 쏟아지면 어쩔 줄 모르던 그의 표정이 생각났다.

은둔형 외톨이와 같은 그의 모습이 측은하면서도 한편으로는 담임에 대한 불평이 가득한 요한이를 달랬다. 시간이 갈수록 불평분자가 되어 가던 요한이에게도 희망은 있었다. 새로운 담임에 대한 희망을 가지고 3학년에 올라갔다.

　요한이의 새 담임 선생님은 재테크로 성공한 분이라는 소문이 있었다. 몇 채의 상가를 가지고 임대사업을 하며 건물 관리와 계약 업무 때문에 항상 바쁘다고 했다. 남다르게 재산을 관리하고 부를 축적할 수 있는 능력까지 있는 분이니 소통하는 능력도 남다를 것이라고 막연히 생각했다.

　담임 복이 없던 요한이의 아리송한 말 때문에 다시 동료를 유심히 살폈다. 아침 조회시간이면 그이는 어김없이 핸드폰을 꺼내 누군가에게 전화를 했다. 잠시 후에 그 반 반장이 내려왔다. 험악한 표정으로 반장에게 물었다.

　"결석 있냐?"

　"없는데요."

　"알았다. 가라. 별일 있으면 핸드폰으로 연락해라."

　불만스러운 표정을 한 반장이라는 아이는 눈도 안 마주치며 답했고 돌아서자마자 얼굴을 일그러트렸다. 매일 아침 같은 일이 반복되었다. 학교에 안 온 아이가 있을 때 그 집으로 전화를 거는 것 외에는 매일 같은 상황이 반복되었다.

　그 선생님을 보며 교실에 들어가서 출결을 확인하며 아이들 표정을 살피고 교실 앞뒤 청결을 살피는 것이 과도한 참견이 아닌지에 대해 혼란스러웠다. 아이들 신변을 챙기는 담임 업무가 학생들의 독립성을 해치는 것일 수도 있다는 생각마저 들 정도로 그 선생님은 전혀 다른 모습으로 담임 활동을 했고 아이들은 졸업했다.

졸업 후 대학에 간 요한이가 찾아왔다.

"2학년 때 담임 선생님은 전근 가셨고, 3학년 때 담임 선생님은 3층에 계시는데 선생님 뵙고 왔어?"

"선생님, 저한테 고3 담임 선생님은 없어요. 우리 반 친구들 모두 그 당시 마치 부모 없는 고아 같이 지냈어요. 조, 종례 시간에 얼굴도 볼 수도 없었던 것도 문제였고 학교행사에 대한 정보도 제때 알지 못해서 참여도 못했어요. 졸업하면서 선생님이 있었다는 것을 다 잊었어요."

싸늘한 표정의 제자 앞에서 동료를 비방할 수도 옹호할 수도 없어 난처했다. 그날 요한이가 인정하고 싶어 하지 않는 교사가 하필이면 왜 내 동료인 것인지 안타까웠다. '담임 복이 없다'는 말로 상황을 요약한 그 아이의 두 번째 담임이 하필이면 왜 그분인지도 오랫동안 마음에 걸렸다.

심리적 심정지를 겪는 아이들

-**********

지나고 보니 학교는 변방이 아니고 중심이었다.
사회불안을 미리 예감할 수 있는
시금석 같은 곳이 학교였다.

학교에서 사회병리학적 현상을 만나는 일이 잦아졌다. 아직 십대에 불과한 학생들이 심리적 심정지를 겪고 있다. 하지만 어쩌면 지금이 상황을 바꿀 수 있는 골든타임이 아닐까 하는 생각이 든다. 학교에서조차 때를 놓치면 너무 큰 사회적 비용을 치를 수도 있다는 위기감을 느낀 적이 한두 번이 아니다.

G는 오늘도 학교가 끝나자마자 집으로 뛰어간다. 꾸르륵 소리를 내는 배를 움켜잡고 가스레인지 위에 냄비를 올린다. 라면을 끓일 참이다. 밥통을 연다. 밥은 있다. 밥을 그릇에 푸고 냉장고에 있는 반찬을 꺼내 밥을 먹는다. 그 사이 냄비의 물이 끓는다. 냄비에 라면을 넣

고 끓인다.

G는 학교급식을 하지 않는다. 중학교 때 왕따를 당한 경험 때문이다. 친구랑 어울리지 못하고 왕따를 경험할 것에 대한 불안감이 있다. 그 이후 급식을 하지 않는다. 혼자 밥을 먹을 것 같은 두려움 때문에 배고픔을 참는 것이다. G는 학교를 떠나려고 마음먹고 있다.

H는 수업일수를 못 채워 유급할 위기에 있다. 담임 선생님이 매일 노심초사하며 아침이면 집으로 전화를 한다. 하루 결석을 하고 며칠 오더니 그다음에는 일주일을 결석하고 몇 주를 쉬었다. 이제는 한 달은 우습게 결석을 하고 있다. 한 번 멈춰버린 생활리듬을 다시 굴리기가 쉽지 않은 듯하다. 전화하면 심기일전해서 학교에 온다고 하지만 다음 날이면 어김없이 자리는 비어 있다. 의지와 목표가 상실된 상태에서 멈추어 있는 것이 습성이 되면서 계속 무기력해지고 있는 것 같다. 무기력과 나태의 관성을 스스로 이겨내기가 쉽지 않을 것 같다.

J는 2학년 들어 결석이 잦은 학생이다. 1학년 때까지 최우수 학력을 보이던 학생이었다. 독서량도 많고 어휘도 풍부한 데다가 기억력이 비상하여 학습 성과가 우수하였다. J는 특히 수학을 잘했다. 그런데 2학년에 올라와서 수업시간에 자꾸 엎드리기 시작하더니 결석이 잦아졌다. 언제부터인지 손목을 손수건으로 가리기 시작하였다. 담임 선생님에 의하면 손목을 긋는 일이 있고 우울증 진단을 받아 약을 먹는다고 한다. 학교에 오면 아무 말 없이 수업 중 잠만 자고 있다.

10여 년 전 우연히 본 다큐멘터리에서 '히키코모리'란 용어를 처음 들었다. 일본 경제 쇠퇴의 원인을 조명하면서 집에 들어앉아 살아가는 은둔형 외톨이를 조명한 다큐멘터리였다. 용어가 주는 생소함보다 자발적으로 사회에서 격리되고자 하는 청소년들 모습을 보고 다소 충격을 받았다. 일본 경제 쇠퇴의 원인을 조명하는 다큐멘터리였기에 활력 넘치는 한국의 청소년과는 거리가 멀었다. 그 낯설기만 했던 '히키코모리'들이 내가 가르치는 학교 곳곳에 웅크리고 있었다.

심각한 것은 해가 지날수록 그러한 양상을 보이는 아이들이 늘어나고 있다는 것이다. 그 아이들은 혼자만의 토굴 속에 자신을 가두고 누구와도 대화하지 않고 밥조차 혼자 먹는다.

중간고사나 기말고사와 같이 에너지를 많이 쓰는 시험이 끝난 후면 수업시간 중 시간을 내어 자신의 장점과 단점을 쓰게 해 본다. 장점에 자신이 '적극적이다' 또는 '하고 싶은 것은 꼭 한다'와 같이 자존감이 높음을 표현한 학생들이 현저히 줄었다. 반면 '게으르다' '소심하다'로 단점을 표현한 학생은 부쩍 늘었다.

실제로 많은 아이들이 소심하다. 누구와 말할 용기도 없어 친구를 못 만드는 아이들이 많다. 혼밥하는 아이들, 우울증 때문에 면도칼로 손목을 긋는 아이들, 누구와 소통할 줄 모르고 그러한 경험도 부족한 아이들이 교실 곳곳에 있다. 그들의 부모들도 그 심각성을 파악하지 못 하는 경우가 비일비재하다. 일이 터져서야 상황의 심각성을 이해하는 부모를 흔히 본다.

초등학교를 다니던 아이에게 행복에 대해 질문한 적이 있다.

"우리야, 넌 언제 행복하다고 느꼈니?"

"엄마, 그때 기억나? 친척들이 모여서 노래방 간 날."

아이의 분명하고 단순한 대답에 내심 놀랐다. 아이를 행복하게 키우려고 맘껏 놀 수 있는 여건도 만들어 주고 아름다운 장소를 찾아 여행도 많이 갔다. 그런 엄마의 노력은 무시하고 아이는 할아버지의 생신으로 20여 명의 가족이 외식을 하고 노래방에 간 날만을 인상적으로 기억하고 있었다.

　아이들이 고립되고 있다. 시험에 찌들고 자존감을 잃고 자기만의 토굴 속에 갇히고 있다. 학교는 무엇을 해야 할까.

공존을 거부하는 교실

ㅡ戀戀戀戀戀戀戀慾ㅡ

수업이 시작되면 학습을 방해하는
홍위병 같은 아이들로 교실이 난장판이 된다.
그런 시장통 같은 교실에서
지적 갈증으로 의욕에 찬 재영이는 오히려 소외되고 있다.

방과 후 수업이 끝난 지 10분이 지났지만 윤희와 재영이는 여전히 토론 중이다.

"종양 억제 유전자가 있는데 왜 암에 걸리는 거야?"

"글쎄, 나도 오늘 처음 선생님한테 들었는데 너랑 같은 생각이 들더라."

"그럼 암에 걸리는 이유가 종양 억제 유전자에 변이가 일어난 거 아닐까?"

"아니면 어떤 사람은 원래 그런 걸 가지지 못하고 태어난 거 아냐?"

방금 수업 중에 배운 종양 억제 유전자에 대해 두 아이가 남아서 이야기하고 있는 것을 들으며 교무실로 돌아왔다. 오늘도 남아 있는 재영이를 보며 마음이 착잡했다. 3시간 연속 수업이므로 강의를 한 선생도 힘들지만, 수업에 참여한 아이들도 충분히 힘들었을 것이다. 그러나 곧장 집에 가지 않고 남아 있는 재영이를 보며 오늘 교실 수업을 떠올렸다.

재영이가 있는 교실은 전교에서 가장 유명한 난장판 교실이다. 선생님의 말꼬리를 잡아 수업을 흐트러트리는 아이들이 교실을 장악하고 있는 교실이다. "선생님, 놀아요!"라는 대장의 명령에 따라 순식간에 난장판이 되곤 하는 교실이다. 교실의 대장인 기표는 위로 누나 넷을 둔 늦둥이 막내아들이다. 건물주는 아니지만 든든한 경제적 배경을 가진 부모는 막내아들 기표가 고등학교를 졸업하기만 기다리고 있다. 국내 대학이 시원치 않으면 유학이라도 보내면 된다고 말씀하시는 분들이기도 하다.

기표는 모든 과목에 과외 선생이 붙어 있어서 학교 수업에 큰 의미를 두고 있지 않다. 과학도 역시 과외를 한다고 한다. 과학 성적도 바닥을 치는 것을 보면 과외 공부조차 열심히 하지 않는 것이 틀림없지만 수업을 열심히 할 생각은 애초에 없다. 망나니 같은 태도에도 기표의 수학 성적은 2등급 안에 든다. 그렇게 깽판을 쳐도 수학 성적이 높기에 또래 아이들로부터 존경을 받고 있다.

건우는 중2병 환자처럼 건드리기 어려운 망나니다. 내가 맡고 있는 과목을 비롯하여 전 과목 성적이 전교에서 바닥이다. 급우들 말로는 작년까지는 빠짐없이 저녁 자습시간에 남아 있을 정도로 착실했다고 한다. 그런 건우가 1년 남짓 열심히 공부해도 성적이 오르지 않자 끝내 좌절하더니 지금과 같은 모습으로 변했다고 한다. 오르지 않는 성적과 뒷바라지가 여의치 않은 부모의 경제적 사정을 알게 되면서 달라진 것 같다고 작년에 같은 반이었던 친구가 이야기해 주었다.

학기 초에 전학 온 새롬이는 중학교 때 전교 1등을 한 수재라고 한다. 같은 중학교를 나온 아이들은 전교 1등짜리랑 같은 반이라고 자랑스럽게 말한다. 유명 자사고를 다니다 전학 온 새롬이는 수업 중 매일 엎드려 있다. 모든 것에 의욕을 잃은 모습이 마치 약에 취해 있는 아이 같다. 수업에 참여시키려고 깨우면 게슴츠레한 얼굴로 교사를 올려다보고 이내 엎드린다.

항상 난장판의 시작은 기표의 목소리이다. "선생님, 수업하지 말고 놀아요."하고 말을 떼면 건우는 일어나서 움직이거나 옆 사람과 크게 떠들기 시작한다. 게슴츠레한 표정으로 나를 보던 새롬이마저 고개를 들고 옆에 있는 아이와 소곤소곤 말하기 시작한다. 기표의 행동원은 건우와 새롬이 말고도 2명이 더 있다. 망나니들은 저들 기분에 따라 크게 또는 살짝살짝 수업을 방해한다. 이들이 보채는 시간이 되면 나는 교실에서 문화혁명을 겪는 것 같다. 학습을 거부하는 홍위병들을 보는 것 같다.

오늘 수업 중에도 기표는 예외 없이 "선생님, 놀아요."를 반복했다. 엄격한 표정을 보이며 모른 척하고 수업을 계속하자 풀이 죽어 계속 칭얼댔다. 못들은 척 수업을 계속하면서도 수업하는 내내 불쾌하여 표정을 감추기가 어려웠다.

재영이는 슬픈 표정으로 나를 쳐다보았다. 저들이 하는 망나니짓이 마치 자신의 탓인 듯 미안한 표정을 지었다. '이런 난장판 교실에서 하루를 보내는 것도 형벌이겠구나' 하는 생각이 절로 들었다.

망나니 기표가 장악한 교실을 적극적으로 제압하고자 하는 교사가 떠오르지 않는다. 기표에게 벌을 가하면 즉각 교장실로 교육청으로 달려갈 부모가 떠오를 뿐이다. 기표에게 다른 사람을 배려하라고 충고할 어른도 마땅치 않다. 재영이와 기표의 공존 방법은 그냥 재영이가 참아 내는 길뿐이다.

9시가 넘었다. 나도 과학실을 정리하고 퇴근해야 한다.

"빨리 집에 가라."

교사의 말에 서로 아쉬운 표정을 짓고 헤어진다.

"선생님, 안녕히 계세요."

재영이는 과학실을 정리하고 굳이 교무실까지 와서 인사하고 간다. 무거운 물건을 들고 복도를 지나가고 있으면 어딘가에서 뛰어와서 돕는다. 과학실이 지저분해 빗자루를 들고 여기저기를 쓸고 있으면 비를 들고 온다.

일반 교실 수업 분위기가 엉망이라 일주일에 한 번 만나는 방과 후 과학시간만 기다리는 것 같은 아이. 지적 갈증으로 의욕에 가득찬 아이가 오히려 소외되는 아이러니한 현실에 가슴이 답답하다.

베테랑이 될 수 없는 교사

교사는 해마다 예측불허의 아이들과
그들을 이해하지 못하는 학부모를 새로 만난다.

20년 경력의 후배 교사가 푸념을 한다.

"선생님, 다른 직업은 20년쯤 하면 베테랑이 되지 않나요? 전 20년을 해도 왜 아직 어렵죠?"

후배 교사의 푸념을 들으니 딱 그만큼의 시간 때에 겪은 일이 생각났다. 경력이 20년으로 가장 찬란한 시절에 있었던 일이다. 수업이든 학교 업무든 베테랑으로 인정받고 있을 때였다. 승진을 생각하지 않으면 수석교사와 같은 직위에 도전해 보라고 강권할 만큼 베테랑의 기운을 보일 때였다.

그런 찬란한 어느 날 D의 아버지로부터 전화가 왔다. D는 성격이

까칠하고 예민한 학생이었다. 급우들이 실수로 D의 물건을 떨어뜨린다든가 옷에 오물을 묻힌다든가 하면 심하게 화를 내곤 하여 아이들은 D를 가까이하지 않으려고 했다. 시간이 가면서 더 심해지는 D의 신경질과 짜증을 알기에 교실에서 D의 적응이 걱정되었다. 다행히 완전히 왕따는 아니었다. D 주변에 몇 명의 친구가 있기에 안심하고 있는 중이었는데 전화가 왔다.

받자마자 전화기 너머로 거친 목소리가 들렸다.

"선생님, 우리 애가 왕따 당하고 있는 것 아세요?"

"예? 아버님, D가 성격이 예민해서 모든 아이들과 잘 어울리지는 못해요. 그래도 교실에서 왕따는 아니에요. 맘이 맞는 몇 친구들하고는 잘 지내고 있어요."

"왜 제 딸 성격이 예민합니까? 그 아이 집에서는 모범적이에요. 동생하고도 잘 지내고요. 도대체 학교에서 어떤 스트레스를 받기에 학교에서 예민하지요?"

"아, 집에서는 괜찮군요. 학교에서는 조금 예민합니다. 그런대로 학교생활은 잘하고 있습니다."

"선생님, 거두절미하고 제가 우리 아이 왕따 시키는 그 아이들 가만히 두고 싶지 않습니다. 아이 엄마와 같이 내일 학교에 가겠습니다."

일방적으로 전화를 끊는 아버지의 전화를 받고 최악의 시나리오가 연상되었다. D와 말다툼을 한 교실의 아이들이 떠올랐다. 서로 화해하고 그런대로 잘 지내고 있는 그들이 어느 날 갑자기 학교폭력의 가해자가 되는 상황이 연상되었다. D의 아버지 직업이 언론인이라는 것을 상기하자 온갖 생각이 들었다. 일간지와 뉴스에 보도된 자극적인 학교폭력 기사부터 떠올랐다. 한 사람의 펜 끝에 의해 교실의 아이들과 학급이 난도질당하는 일이 벌어질 수도 있다는 걱정이 들었다.

'내가 어떻게 했어야 할까. D의 일에 대해 너무 안일하게 생각했구나.' 하는 반성도 일었다.

"윤 선생, 그 반 아이들 너무 해맑아서 수업을 못 하겠어."

교과수업에 들어온 다른 선생님들이 하는 은유적인 표현을 듣고도 안일하게 있었다는 생각이 들었다. 학급이 풍비박산이 날 위기에 있는 것이 모두 내 탓인 것 같았다. 그날 밤은 잠들기가 힘들었다.

화가 잔뜩 난 부모가 오는 것에 대해 초조하지만 대처할 수 있는 것은 아무것도 없었다. 점심을 먹으며 친하게 지내는 M 선생님과 D의 부모에 대해 이야기를 나누었다.

"선생님, 제가 요즘 심리치료 공부하고 있잖아요. 수업시간을 빌어 선생님 반에서 심리검사 해 본 적 있어요. D의 자료가 있을 거예요. 그 아이가 그렇게 예민한 이유가 뭔가 있을 거예요. 그것부터 보고 이야기해 봐요."

M 선생님 자리에서 자료를 찾아 D의 심리검사 결과를 같이 살펴보았다.

"선생님, 이 아이는 부모와의 관계가 원만하지 않아요. 특히 아버지가 엄하신 분인가 봐요. 다른 아이들 그림하고 비교해 보세요. 부모가 그림에 너무 작게 그려져 있잖아요. 부모가 아이 스트레스의 원인이네요. 교실에서 내는 짜증의 원인은 집에 있어요."

"선생님, 내가 전문가가 아닌데 어떻게 그것을 부모에게 말해요."

"제가 할게요. 가서 설명해 줄게요."

거만하게 자리에 앉으며 나를 죄인 취급하던 D의 아버지에게 M 선생을 소개했다. M 선생님은 D가 직접 그린 2장의 심리검사 결과지를 가지고 다른 아이들 것과 비교하며 D의 심리상태를 적극적으로 설명해 주었다.

M 선생님의 이야기를 끝까지 들은 아버지는 그제야 거만했던 고개를 숙였다. M 선생님 덕분에 나는 D의 예민했던 행동들에 대해 솔직하게 부모와 이야기 할 수 있게 되었다.

그 일을 겪으며 나는 교사는 결코 베테랑이 될 수 없다는 것을 알았다. 그래서 20년차 후배 교사의 고민이 기뻤다.

"선생님은 틀림없이 아이들에게 좋은 선생님일 거야. 베테랑이 될 수 없으니까 노력할 수밖에 없는 것이 우리 같은 교사의 숙명 아니겠어. 선생님이 그런 푸념을 한다는 것은 도달하고 싶은 목적지가 있다는 뜻이잖아. 멈추지 않고 성장하기 위해 노력하는 사람이 가장 아름다운데, 그런 사람을 내 앞에서 보니 엄청 기분 좋은데."

교사로 살면서 과거에 변화를 겪은 아이, 현재 변화를 겪고 있는 아이들이 뒤엉켜 있는 교실에 매일 들어가야 했다. 교사는 타고난 심성이 착해 작은 일에 상처받는 아이와 삐뚤어진 심성으로 쉬지 않고 남을 괴롭히는 못된 영혼을 가진 아이가 공존하는 교실에서 외줄 타기도 해야 한다. 사춘기의 질풍노도를 겪는 아이들과 이를 이해하지 못한 채 한탄하는 부모들도 만나야 했다. 그런 아이들과 전인격적으로 밀착되어 해마다 새로운 1년을 보내는 것이 교사의 삶이다.

그렇게 한 해가 가고 십 년이 갔다. 해마다 다른 듯 같은, 같은 듯 다른 아이들과 학부모를 만났다. 아주 비슷한 경우라 하더라도 전혀 같을 수 없는 아이들을 해마다 다시 만나게 되었다. 해마다 3월이면 갓 발령받은 햇병아리 교사처럼. 교사는 베테랑인 사람이 없다.

유리창을 깨는 아이

─ӝӝӝӝӝӝӝ─

학교 교실과 복도는
늘 평온함과 위태로움의 아슬아슬한 경계에 있다.
아이들 마음도 그렇다.

쉬는 시간을 알리는 종이 치고 얼마 지나지 않아 '쨍그랑' 하고 유리 깨지는 소리가 들렸다. 소리를 듣자마자 문을 열고 뛰어나갔다. 교무실 바로 옆 교실의 복도 쪽 유리창이 깨져 있었다. 복도에 필통과 유리 파편이 흩어져 있는 것을 보니 어떤 학생이 필통을 던진 것 같다. 지나가는 아이들을 유리 파편으로부터 멀리 돌아가게 하고 문제의 교실 문을 열었다.

아이들 간의 싸움이 있었던 것 같지는 않았다. 싸움이 없었다는 사실에 안도하면서 교실의 아이들을 둘러보며 물었다.

"누가 그랬니?"

아무도 답변하지 않는다. 아이들을 안심시킬 마음으로 웃으면서

다시 물었다.

"유리창 값 물어내라고 하지 않을 테니 나와 봐. 누가 그랬는지는
알아야지. 아니면 너희 모두 학생부로 데리고 간다."

한 학생이 앞으로 나왔다.

"너구나?"

아이의 눈을 보고 물었다. 아이는 고개를 끄덕였다. 반장을 불러 유
리 조각을 쓸어달라고 부탁하고 아이를 데리고 내 자리로 돌아왔다.

아이를 옆에 세워 놓고 학년실로 전화해 담임 선생님께 상황을 알
렸다. 그리고 행정실로 전화를 했다. 위험하니 빨리 유리를 갈아달라

고 부탁했다. 전화기 너머로 유리창이 너무 많이 깨져 예산이 없다고 투덜대는 누군가의 목소리가 들린다. 전화로 우선 급한 조치를 취한 다음 아이를 옆 의자에 앉혔다.

응급상황을 처리하는 가운데 자신의 이름이 거론되지 않은 것에 아이는 안심을 하는 눈치였다. 그러면서도 수업에 들어오지 않아 성향을 모르는 선생이기에 다소 긴장을 하는 듯했다.

이런 일이 있을 때마다 최대한 온화한 표정으로 아이를 대하려고 노력해왔다. 일이 터지고 난 후 아이를 채근하는 건 사태 해결에 도움이 되지 않는다는 것을 알게 되면서부터 그렇게 노력했다. 아이를 달래서 다음에 같은 일이 일어나지 않게 하는 것이 더 중요하다는 것을 알게 된 것도 교사로 살아온 시간이 준 지혜일 것이다.

아무것도 아니라는 표정으로 물었다.

"왜 그랬어?"

무장 해제된 아이는 솔직히 말하기 시작했다.

"영어 수업이 너무 따분했어요."

"선생님한테 화난 것은 아니고?"

"수업을 너무 빨리 나가는 선생님이 밉고 조금 화난 것은 맞는데 선생님한테 유감은 없었어요. 제가 못 알아들은 거니까요. 그냥 수업이 지루해서 수업이 끝나면 필통을 던져보고 싶었어요. 그런데 너무 세게 던져서 유리창에 맞은 거예요."

아이가 내게 숨기고 싶은 마음이 있다는 것을 경험으로 알기에 수사관의 마음으로 아이의 심정을 파고들었다.

"그냥 장난삼아 던진 필통 세기로는 유리창이 깨지지는 않을 텐데, 뭔가 '엿 같다' 하는 맘이 있었을 텐데. 선생님은 그 맘을 알고 싶은 거야."

선생님이 속어까지 섞어가며 마음을 읽어서인지 아이는 잠시 주춤하다가 다시 차분하게 답을 했다.

"사실 그때 제 스스로가 너무 한심했어요. 수업도 못 쫓아가고 한 시간 동안 졸거나 자거나 하면서 시간을 보낸 제가 너무 미웠어요."

진심으로 말해주는 아이가 고마웠다. 아이의 말이 진심이기에 학생부로 아이를 보내는 것은 내가 할 일이 아니라고 생각했다. 담임 선생님한테도 아이가 실수로 그런 것 같다고 말해두고 그 사건은 무마되었다.

두 아이가 씨름을 하는지 복도에서 엉겨 붙어 있다. 면밀하게 관찰해도 노는 것과 싸움의 경계가 불분명하다. 복도를 지나다가 문득 불안하여 한참 동안 두 아이를 쳐다보고 있으면 선생을 의식한 아이들은 과장된 웃음을 짓는다.

"우리 싸우는 거 아니야요."

불안한 마음이 남아 있지만 복도를 다시 걷기 시작한다. 슬리퍼를 들고 한 놈이 다른 놈을 쫓아가고 있는 것을 본다. 뛰다가 넘어질 게 걱정되어 두 아이를 불러 세우는데 못 들은 척 멈추지 않고 서로 쫓아가고 있다. 서로 웃으면서 쫓고 쫓기고 있으니 장난인가 보다 생각할 뿐이다.

복도를 걷다가 뜻도 모르는 욕설을 듣는 것이 일상화된 지도 오래다. 교실 한쪽에서는 몇 명의 아이들이 생일을 맞은 아이를 둘러싸고 있다. '생일빵'을 하려고 하는 것 같아 가운데 아이를 불렀다. 그다지 싫지 않은 표정이기에 "적당히 해라." 하고 다시 걷는다.

복도를 걷다가 교실 안을 들여다보니 몇 명의 아이들이 똑같은 자세로 서 있다. 모두 바지 주머니에 손을 넣고 한쪽 다리를 떨고 있다. 마치 '우리, 친구 아이가' 하는 영화를 찍는 스튜디오 같다. 학교 내 작은 '팸'임을 짐작할 수 있지만, 학교에 와 있는 것만으로도 감사하다는 생각으로 계속 걷는다.

두 아이든 여러 아이든 위태로운 장난이라도 하면서 소통을 하는 것은 건강해 보인다. 열린 문 사이로 쉬는 시간 자리를 떠나지 않고 엎어져 있거나 멍하니 초점 없는 눈으로 앞만 쳐다보는 아이를 볼 때면 가슴이 에인다. 그 아이가 혹시나 마음을 나눌 친구가 없거나 마음을 나눌 생각도 없는 아이라면 어쩌나 하는 마음이 들 때 가장 가슴이 아프다.

오래전 유리창을 깬 아이를 처음 보고 놀랐던 기억이 있다. 사회에 대한 반감과 증오를 가진 아이의 눈을 마주하며 어쩔 줄 모르던 나를 기억한다. 이제는 유리창 깨는 일을 흔히 보게 되었다. 그때 내가 만났던 아이가 가진 반감과 증오의 10분의 1도 아닌 일에 아이들은 쉽게 유리창을 깨고 있다.

평온함과 위태로움의 아슬아슬한 경계에 있는 순간이 복도와 교실 등 학교 곳곳에서 펼쳐지고 있다. 자기 스스로에 대한 짜증에 예사로 유리창을 깨기도 하니 예방할 수도 없다. 일어난 결과의 원인을 분명하게 규명하기도 어렵다. 마음을 알 수 없는 아이들이 만들어 내는 느닷없는 행동으로 마음 졸이는 곳이 학교가 되었다.

협박당하는 교사

―윤윤윤윤윤윤윤윤

어느 순간
학교는 따뜻한 충고 한마디 건네기
힘든 곳이 되고 있다.

목요일 오후 6교시 수업을 끝내고 내 자리로 오자마자 전화벨이 울렸다.

교장실에서 온 전화였다.

"윤 선생님, 이번 주 월요일에 2학년 12반 들어가셨어요?"

"12반이요? 제가 들어가지 않는 반인데요."

"아니, 그 반 아침 조회시간에 들어가셨다고 하던데요?"

걱정이 묻어나는 목소리 속에서 그날을 되새긴다.

'아! 생각이 났다.'

담임 선생님이 출장으로 공석이어서 조회에 대신 들어가 달라는 부탁을 받아 그날 하루, 아침 조회를 했던 것이 기억났다.

"아, 제가 들어갔어요. 그런데 왜 그러시죠?"

"왜 그런 소리를 하셨어요? 학교폭력 얘기하셨어요?"

수화기 너머의 목소리에 언짢은 투가 역력했다.

"예? 하긴 했는데 별말 아닌데요."

"무슨 이유인지 저는 모르고 학부모가 다음 주 월요일에 온다고 합니다. 그날 오후에 온다고 하니 자리 비우지 말고 만나시지요."

자리로 돌아와 가만히 생각하니 마음에 걸리는 게 하나 있다. 담임이 며칠 출장을 가서 공석인 반이라 담임 선생님이 안 계시는 동안 학교생활 잘하기를 바라는 마음에 수업 잘 듣고 서로 싸우지 말라고 당부했다. 그 와중에 웃으면서 한 말로 깜짝 놀랐던 기억이 났다.

"선생님이 보니까 너희들이 장난이라고 생각하고 한 행동으로 학교폭력 가해자가 되고 피해자가 되더라. 선생님 안 계시는 동안 장난으로라도 친구들과 싸우지 말아야 한다."

그리고 한 마디 덧붙였다. 물론 답을 원하지 않는 질문이었다.

"너희 반은 그런 일은 없지?"

그런데 느닷없이 한 학생이 손을 들었다.

"질문 있니?"

"제가 학교폭력 피해자인데요."

"진짜?"

깜짝 놀랐다. 진지하게 그렇다고 말하는 학생 때문에 더 놀랐다. 피해자건 가해자건 자신이 학교폭력 당사자라는 사실은 감추는 게 일반적이었기에 장난이라고 생각했다. 조회를 끝내고 교실을 그냥 나오려고 하다 혹시 장난이 아닐 수도 있다는 생각에 그 학생에게 잠깐 내 자리로 오라고 했다.

아이에게 자초지종을 들어보니 정말 그 교실에서 그런 일이 있었다. 가해자로 지목된 학생은 이미 전학을 간 상태였다. 난 피해자라고 말하는 그 학생이 측은해졌다. 일을 알게 된 이상 교사로서 위로를 건네야 했다.

"그 친구가 나쁘구나. 이렇게 착해 보이는 너를 괴롭히니 말이다. 그래도 그 친구를 너무 미워하지 마라. 사람을 미워하면 미워한 사람도 힘들다."

"네."

선한 표정으로 답하는 아이를 보고 데리고 나오기를 잘했다고 생각하고는 곧 잊어버렸다. 정말 대수롭지 않은 일이라고 여겼던 것 같다. 전화를 받았지만 크게 문제가 될 일은 없다고 생각하고 주말을 보냈다.

월요일 퇴근시간 즈음에 다시 교장실에서 전화가 왔다. 아이의 아버지가 왔으니 내려오라는 전갈이었다.

두 명의 남자가 교장실에 앉아 있었다. 한 명은 아버지라고 하고 다른 한 명은 삼촌이라고 했다. '아마 삼촌은 삼촌이 아닐 것이다. 그에게 가장 힘 있는 지인일 것이다.'라고 생각하며 자리에 앉았다. 아버지라는 이는 나를 보자마자 다짜고짜 험악한 표정으로 말했다.

"내가 그날 인권위에 가서 고발하려고 했는데 자초지종은 듣고 가려고 참고 왔습니다."

"무슨 일로 저를 인권위에 고발하시나요. 전 그럴만한 일을 한 적이 없는데요."

"우리 애가 이 학교에서 학교폭력을 당한 것은 아시죠?"

마치 학교 안의 모든 교사가 그 사실을 알아야 하는 것처럼 거들먹거리며 말하고 있었다. 자신이 피해자라고 손을 든 아이와 아버지의 표정이 정확히 오버랩되며 마음이 착잡했다.

"학교폭력에 관해서는 함구해야 하는 것이 지침입니다. 저는 그날 우연히 조회에 들어갔다가 아이가 손을 들어서 알았어요. 그렇지 않으면 제가 그 사실을 어떻게 아나요?"

아버지는 내 말을 끝까지 들으려고 하지 않고 말을 끊더니

"제가 우리 아이 괴롭힌 그 애들 혼내 주려고 지난주 수요일에 경찰서에 고발하려고 아이와 같이 경찰서로 가고 있는데, 차 안에서 아들이 저 보고 고발하지 말자고 하더라고요. 왜 그러냐고 물었더니 조회에 들어온 선생님이 미워하지 말라고 했다고 합니다."

"도대체 무슨 말로 우리 아이를 협박했기에 이 애가 이렇게 갑자기 변한 거죠? 우리 애가 선생님 말을 무서워하고 있습니다."

붉으락푸르락하는 얼굴에 목에 핏대까지 세우며 나를 몰아세웠다. 이 상황에 처한 내가 무기력하고 참담했다. 그러나 솔직히 말하고 오해를 풀어야 했다.

"아이에게 누군가를 너무 미워하면 미워하는 사람이 힘드니까 그

친구들 너무 미워하지 말라고 말했습니다."

"당신이 무슨 의도로 그런 말을 한 겁니까? 그 아이들하고 무슨 관계입니까?"

"어른이고 교사인 제가 아이에게 그런 말도 못 합니까? 미운 놈이니 끝없이 미워하라고 말하는 게 옳은 것인가요. 그러면 그 아이가 커서 잘 됩니까?"

잠시 할 말을 찾는 학부모에게 나는 한마디를 더 보태고 자리에서 일어났다.

"아버님의 아이도 지금처럼 어린 상태로 있지는 않을 겁니다. 그 아이가 성장한 후 아빠가 한 일을 부끄럽게 여기지는 않을지 생각하시고 결정해 주셨으면 좋겠습니다. 저는 그 상황에서 제가 한 일에 부끄럼이 없습니다. 그리고 혹시 법의 판단 아래 잘못한 일이 있다고 하면 벌을 받아야죠. 아버님 알아서 하십시오."

아이에게 진심을 다해 도움이 될 만한 말을 전했는데 그 일로 인권위와 법을 운운하는 학부모를 만난 것은 당혹스러운 일이었다. 교장실에서 그다음 어떤 상황이 벌어졌는지, 인권위에 정말 제소했는지에 대한 관심은 없다. 그만한 일로 살아온 시간이 부정된다면 그 또한 운명이리라 생각했다.

어느 순간 학교는 상상하기 어려운 온갖 민원을 처리하는 곳이 되었다. 그만큼 갈등이 많다. 학생과 교사와의 갈등은 오히려 해결하기 쉽다. 서로 눈을 보며 둘 중에 한 사람이 용서를 구하면 해결된다. 그러나 학부모가 개입하면 문제가 복잡하다. 오해가 오해를 만들면서 끝내 해결을 못 하는 경우가 많다. 아이를 위로하기 위한 몇 마디 충고가 화살이 되어 이렇게 교사를 저격하기도 하니 말이다. 학교는 가르치는 아이들에게 따뜻한 말조차 쉽게 꺼내기 어려운 곳이 되어 가고 있다.

예비 학부모와 늙은 호박

––✤✤✤✤✤✤✤––

이제 늙은 호박을 지키는
학부모는 영영 못 만날지 모른다.

여행 중 점심을 위해 한적한 길가 설렁탕집에 들어갔다. 앉은뱅이 식탁이 10개 남짓 있는 소박한 식당이었다.

한쪽에서 '푸른 하늘 은하수 하얀 쪽배에' 동요 '반달'의 노래 가사와 손뼉을 치는 소리가 들렸다. 엄마와 아들이 노래를 부르며 손뼉을 마주치며 박자를 맞추고 있었다. 오랜만에 듣는 동요에 이끌려 아빠와 엄마 그리고 유치원생 아들이 있는 그 주변에 앉아 음식을 청했다.

설렁탕이 나오고 음식을 먹으면서 깨달았다.

'아, 그랬구나, 그렇구나. 여기서 시작되었구나.'

식당 안은 늘어나는 손님과 음식의 열기로 인해 점점 더워졌고 소란스러웠다. 옆에 앉은 그 가족은 식사를 끝낸 듯하다. 아빠는 게임을 하느라 계속 기계음을 내고 있고 엄마는 아들에게 동요를 반복하여 가르치고 있었다. 그들은 각자 할 일에 파묻혀 주변을 돌아볼 겨를이 없었다. 거슬리는 "뽕 뽕" 기계음과 손뼉 치는 소리 거기다 아들까지 부르는 노랫소리에 주변 손님들이 계속 힐끔거려도 그들은 상관없었다. 오로지 자신들이 지금 하는 것만 보고 있었다.

"아, 저 아이가 내가 미래에 가르칠 아이구나, 저 부모가 내가 만날 학부모구나."

그 모습을 망연히 바라보다 초임 시절 받은 늙은 호박이 갑자기 떠올랐다. 그렇게 배려심 깊고 따뜻한 분들을 학부모로 만났기에 이 시간까지 선생을 할 수 있었구나 하는 생각이 들었다.

첫 아이를 낳기 며칠 전이니 3월 초였다. 근무하던 중학교는 집이 있던 시내에서 버스로 30분 이상 떨어진 시 외곽이었다. 휴일에 집으로 전화가 왔다. 당시는 핸드폰이 없던 시절이다. 이미 졸업한 혜정이 엄마가 동네 입구에 왔다면서 잠깐 얼굴 좀 보자고 하셨다.

'무슨 일일까. 내가 집에 없었으면 어쩌시려고 이 동네까지 오셨을까. 어떻게 주소를 알고 버스를 타고 여기까지 오셨을까.'

의아한 마음을 가지고 혜정이 엄마가 있다는 골목 입구로 나갔다. 나가면서 혜정이가 졸업을 앞둔 겨울방학에 우리 집에 다녀간 기억이 났다. 혜정 엄마는 무언가를 싼 보자기를 들고 서 계셨다.

"어머니, 무슨 일이세요. 혜정이한테 무슨 일이 있나요?"

"무슨 일이 있을 게 있나요. 원하는 고등학교 갔으니까 잘 하겠죠. 우리 혜정이가 선생님 때문에 인생이 바뀐 것 같습니다. 어려운 형편에

동생들 돌보라고 여상 보내려고 맘 먹었는데 선생님이 공부해야 할 아이라고 하셔서 용기를 얻어 인문계에 보냈습니다. 지금은 그 결정, 잘했다 싶습니다. 선생님, 감사합니다.”

보자기를 건네며 혜정이 엄마는 연신 인사를 했다.

“선생님, 아이 출산할 날이 얼마 안 남으셨죠? 선생님 임신한 거 알고 이거 보관해 놨습니다. 출산 후 붓기 빼는 데는 늙은 호박이 최고예요. 별거 아니지만 가지고 계셨다가 아이 낳고 달여 드세요.”

졸업한 아이의 담임 선생이 출산을 앞두고 있다는 것을 잊지 않고 호박을 들고 온 학부모가 있었던 시절 이야기다. 늙은 호박을 3월까지 잘 보관하는 것이 얼마나 어려운지는 한참 뒤에야 알았다. 혜정이 어머니는 11월부터 노심초사하며 매일 호박을 지켰을 것이다.

그로부터 30년이 흘렀다. 세상이 어떻게 변한 것일까. 혼잡한 식당에서 다른 사람을 배려하지 않고 자기 집 안방처럼 떠드는 가족들을 어렵지 않게 만나게 되었다. 오로지 자신의 어린아이만 보고 있는 ‘예비’ 학부모들. ‘반달’을 부르고 있는 아이는 곧 자라 고등학생이 되고 어쩌면 우리 반 교실에서 만나게 될 것이다.

남을 배려하지 않은 작은 일상들이 쌓이고 쌓이면 어찌 될까. 교실이 그런 아이들로 가득 차면 어떤 일들이 기다리고 있을까. 이기적인 학생들이 가득해도 교사가 능력이 출중하면 아무런 문제가 없을까. 설렁탕 한 그릇을 먹으러 갔다가 너무나 혼란스러워졌다. 이제 늙은 호박을 지키는 학부모는 영영 못 만날지 모른다.

길을 잃은 아이들

— 緊張緊張緊張緊張緊張 —

그로부터 30년. 자식에 대한 기대는 학벌만큼 커지고 집요해졌다.
부모의 '신념'이 만들어 낸 압박에 숨이 막힌
S는 울타리 경계 밖에서 격렬하게 아버지와 전투를 치르고 있다.

수업이 이미 시작된 뒤에 등교하고 있는 S를 1층 출입구에서 만났다. 한쪽 귀에 걸린 요란한 귀고리와 염색된 머리가 너무나 낯설었다. '모범생이 변하는 것도 순간이구나.'

요즘 수업에 들어가면 S 얼굴 보기가 어렵다. 결석이나 조퇴가 너무나 잦다. 두 번에 한 번은 내 수업시간에 자리를 비우고 있다. 교실에 있어야 할 학생이 뒤늦게 학교에 오는 것을 외면할 수 없는 상황이라 먼저 말을 건넸다.

"어디 아프니?"

"아빠한테 핸드폰을 뺏겨서요."

동문서답이다. 질문에 맞는 답변이 아니어서 잠시 머릿속이 혼란스럽다. 어떤 질문으로 이야기를 이어가야 할지 떠오르지 않았다. 그 순간 아들과 남편이 핸드폰을 가지고 했던 실랑이 장면이 갑자기 떠올라서 대수롭지 않은 척 물었다.

"아빠랑 싸웠구나?"

교사로 살면서 생긴 언어습관. 요즘 아이들을 상대하며 생긴 아이들 같은 언어습관이다. 가능한 한 아이들 친구와 같은 말투로 묻고 답해야 한다. 설명을 싫어하는 아이들이라 가장 간단한 말로 한 방 날려야 한다. 상황이 비도덕적이라 하더라도 그 자리에서 훈계랍시고 말꼬리를 잡아 도덕시간을 만들면 더 이상의 대화가 진행되지 않는다.

'아빠한테 혼났구나.'

'혼날 짓을 했구나.'

어른의 언어로 물으면 아이들은 날카롭게 경계하며 입을 닫아버린다. 경계하는 마음을 불러오는 질문은 대화를 단절한다는 것을 알기에 아이들 시선의 질문으로 돌직구를 날려야 한다.

우물쭈물하던 아이는 상황을 요약해서 말해준다.

"아빠가 핸드폰을 뺏어서 알람을 못 들어 늦게 일어났어요."

학교에 늦은 이유에 대해 이해가 되었다. S는 반에서 1, 2등을 할 정도로 공부에 충실한 학생이었다. 그런데 작년 겨울방학부터 부모와 갈등을 빚기 시작하더니 학교 공부를 전폐하고 있다. 성적이 바닥을 치면서 상황이 점점 심각해지고 있다. 성적이 자꾸 떨어지는 아들을 코너로 모는 아버지로 인해서 회복 불가능한 상태로 치달아가고 있었다. 지각, 결석이 잦아지고 차림새가 하루가 다르게 달라졌다. 아이의 일탈을 아버지는 참지 못했다.

"SKY를 못 갈 거 같으면 학교 때려 쳐라."

아버지를 피해 집을 탈출하겠다고 학교에서 공언하고 다닌다. S의 회복은 어쩌면 어려울지도 모르겠다.

첫 부임지였던 인천의 변두리 학교 학급 정원은 50명이 넘었다. 많은 학생들의 부모 학력은 고졸도 드물었다. 당시 학교에 상담 오는 부모들의 꿈은 소박했다. 자식에 대한 바람은 고작 '밥 안 굶고 사회생활 할 수 있는 놈이 되었으면' 하는 정도였다. 그지없이 소박한 부모의 꿈에 놀라서 학생들의 꿈을 키워주는 것이 교사의 의무라고 몇 번씩 다짐해야 했던 시절이었다.

그로부터 30년. 이제 대다수 학부모의 학력은 고학력이다. 대졸은 기본이고 석, 박사도 수두룩하다. 자식에 대한 기대는 학벌만큼 커지고 집요해졌다. 대학을 졸업한 부모들은 자신의 아이들이 자신보다 좋은 대학을 가야 하거나 자기만큼의 대학은 당연히 가야 한다며 길들이고 있다. 자녀의 인생을 쥐락펴락한다. 부모의 욕망과 그로 인한 '신념'이 만들어 낸 무형의 울타리에 숨이 막힌 아이들 가운데 한 명이 S였다. S는 울타리 경계 밖에서 격렬하게 아버지와 전투를 치르고 있다.

몇 년 전에 만난 M의 아버지는 더 심했다. M은 검찰에 기소되면서 모두를 당혹스럽게 했다. 외고나 자사고가 없던 시절, M은 전교 1등을 도맡아 하던 우등생이었다. 그랬던 M이 다른 학교 친구들과 오토

바이를 훔쳐 타고 광란의 질주를 벌이다가 사고를 냈다. 사고는 크지 않았지만 절도가 문제였다. S대 법대를 바라보는 수재의 일탈에 학교 구성원 모두 노심초사했다. M의 일탈은 학대에 가까운 아버지의 훈육이 만들어 낸 것이었다.

M은 초등학교 때부터 매일 200개의 영단어를 외워야 했다고 한다. 외화를 자막 없이 보게 하려고 M의 아버지는 아이의 영어교육에 지치지 않고 동행했다. 자는 아들을 새벽마다 깨워 수학 문제를 풀게 했다. 마음에 들지 않으면 매를 들었고 어렸을 때는 빈방에 가두기도 했다. 덕분에 M은 학교 수석을 놓치지 않았다. 겉으로는 너무나 모범적인 학생이었지만 M에겐 숨구멍이 없었다. 훔친 오토바이를 타고 한밤의 질주를 벌인 것은 숨을 쉬고 싶은 본능이자, 아버지에 대한 격렬한 반항인 셈이었다.

권위적이고 억압적인 아버지 밑에서 숨죽이고 있는 아이들. 아버지의 훈육에 폭주하거나 폭주 직전인 아이들이 학교 곳곳에 있다. 이 아이들을 뒤주에 갇힌 사도세자 같다고 하면 지나친 표현일까.

오늘 수업 중에 전에 없이 소심해진 L을 보았다. 저번 학기부터 성적이 떨어지고 있는 것을 알고 있다. L 또한 아버지와의 갈등이 격렬해지고 있다. 공부에 손을 놓고 날마다 게임방을 전전한다고 반 친구들이 내게 귀뜸한다. L은 어두운 표정 뒤로 마음을 감춰버렸다.

이 글을 쓰는 도중 3살 아이를 안고 바다에 뛰어든 엄마 소식이 뉴스를 점령하고 있다. 부모는 무슨 권리로 자식을 죽일 수 있는 것일까. 미성년 자식을 살해하는 사건을 접하면서 S, M, L의 아버지를 떠올리는 것은 지나친 논리의 비약일까.

말하는 이기심과
말하지 않는 이기심

220일의 수업일수 가운데
220 시간의 수업만 참여하는 학생에 대해서는
아무도 말이 없었다.

학교에서 시험이나 평가가 지금처럼 예민하지 않던 몇 해 전의 일이다. 그해 1학기 기말시험이었던 것으로 기억한다.

정답을 게시한 후 한 아이가 이의를 제기하며 담당 선생님을 찾아왔다. 그 아이는 자신의 답이 옳다고 우겼다. 너무나 확신에 찬 아이 모습에 담당 선생님은 문제를 푼 시험지를 가지고 오게 했다.

'아니 이럴 수가!'

그 아이의 시험지에는 '+'가 '-'처럼 보였다. 시험지가 전체적으로 흐리게 인쇄되어 기호가 '-'로 착각할 수밖에 없게 되었던 것이다. '-'로 풀면 그 아이가 쓴 답도 정답이었다. 낡은 인쇄기로 인한 어처구니없는 해프닝이었다.

해당 교과 담당 교사들로서는 진퇴양난의 고약한 상황이었다. 몇 번의 회의를 거듭해도 마땅한 묘책이 없었다. 어쩔 수 없이 인쇄가 불분명하여 정답 처리가 어려운 문제를 배제하기 위해 재시험을 결정했다.

공고 후 시험일을 정하고 다시 시험을 봤다. 어떤 누구도 이의를 제기하지 않아 일은 순조롭게 진행되었다. 재시험을 무사히 치른 후 다시 소란이 일어났다. 재시험인 만큼 이전 시험 결과보다 안 좋은 성적을 받은 학생들이 다시 집단적으로 문제제기를 했다.

공고를 통해 시험이 이루어졌으므로 시험 전에 이의를 제기하지 않고 시험에 참여했다는 것은 모든 것을 받아들인다는 전제였다고 아이들을 설득했지만 아이들의 항의는 좀처럼 가라앉지 않았다. 정오표에 대한 이의제기가 흔하지 않았던 때 일이다. 이제 그런 사건은 불과 몇 년 만에 일상적인 일이 되었다. 시험은 전쟁이 된 것이다.

시험지 사건이 일어난 학교에서는 이런 일도 있었다. 7교시 수업을 진행하고 있는데 끝나기 10분 전에야 한 학생이 인사도 없이 들어와 뒷자리에 앉았다. 이미 수업을 두 번이나 했던 반이지만 자리에 앉은 학생을 본 기억이 나지 않았다. 사정이 있겠다고 생각하고 친절하게 물었다.

"잠깐, 어디 갔다 오는구나. 이름이 뭐니?"

자리에 앉은 후 그 학생은 고개를 들고 창밖을 쳐다볼 뿐이었다. 교사를 투명 인간 취급하는 태도라 기분이 묘했지만 진도가 급한 3학년 수업이어서 실랑이를 벌일 수는 없었다. 그런데 그다음 주 그 시간에 똑같이 10분 전에 교실에 들어왔다. 늘 그런 것처럼 변함없이.

수업 후 그 반 학생과 교무실로 동행할 일이 있었다.

"아까 온 그 아이는 누구니?"

"우리 반은 맞는데요, 잘 모르겠어요. 매일 7교시 끝날 즈음에 와서 종례만 받고 가요."

수업담당 교사로서 수업 외는 학생과 연관될 일이 없으므로 궁금하면서도 세월만 보내던 중 담임 선생님과 얼굴을 마주할 일이 있었다.

"선생님, 어떻게 된 일이야? 내가 7교시에 그 반 수업을 하면 끝날 때 들어오는 학생이 있어요. 왜 그러지요?"

"내가 맡은 반에 이름이 올라 있기는 한데, 저도 모르겠어요. 저는 출석 체크하는 기록원일 뿐이에요. 그 아이에 대해 어떤 권한도 없어요. 매일 7교시에 와서 종례만 받고 가요. 결석, 지각, 조퇴 중 한 개만 기재한다는 법리적 해석을 이용하는 것 같아요. 매일 학교를 오니 지각이잖아요. 처음엔 이게 말이 되나 했는데, 법적으로 어쩔 수 없다니 저도 할 수 없죠."

법을 악용하는 놀라운 사례에 깜짝 놀랐다. 부모 모르게 어디서 놀다가 이런 일을 벌인다고 생각했다.

"선생님, 부모님이랑 통화해 봤어요?"

"물론이죠. 부모님도 법적으로 문제가 없으니 아이 스트레스 받게 하지 말라고 오히려 큰소리를 치던데요. 제가 학교 교칙에 대해 아이에게 뭐라고 하면 학교에 뛰어올 기세라 그냥 아무 말 안 하려고요."

초연한 듯 오히려 유쾌한 투로 말하고 있었지만, 교사로서의 자괴감이 숨어 있었다. 문득 평가와 관련하여 격하게 문제 삼던 아이들의 억척스러움이 떠올랐다.

"선생님, 그 아이가 졸업하는 것이 부당하다고 반 아이들이 이의를 제기하지는 않나요?"

"그 아이의 존재가 모든 아이들에게 이득이 되잖아요. 기본으로 한 명이 깔아주고 있으니 그 아이로 인해 경쟁이 가벼워진다고 생각하는 거예요. 그래서 그럴까요. 어느 누구도 그 아이 문제에 대해 이의를 제기하지 않던데요."

자신의 성적과 출결 등이 그 이상한 지각생으로 인해 혜택을 본다고 계산하며 침묵하는 얄팍한 이해타산 능력을 어떻게 보아야 할까. 우리 아이들이 자신에게 이익이 있을 때만 작동되는 어떤 프로그램 속 생존 기계들이 된 것일까.

3점짜리 한 문제에 온 학교가 들끓더니 법규를 악용해 220일의 수업일수 중 극히 일부인 220시간의 수업만 받고 졸업하는 행태에는 침묵했다. '말하는' 이기심과 '말하지 않는' 이기심이 동전의 양면이라는 사실은 너무나 불편한 진실이었다. 담임 선생님의 대답은 오랫동안 여운을 남겼다.

학교는
멀리서 보면 비극이지만,
가까이서 보면 희극이다

―※※※※※※※

P의 집을 다녀온 이후
나는 아이들 앞에서 습관처럼 하던
공부 열심히 하라는 말을 하기가 조심스러워졌다.

"학업성취도 평가에서 기초학력 미달이 나오지 않아야 합니다."

교무회의 내내 반복되는 소리는 감성을 지닌 인간의 소리로 들리지 않았다. 인간의 목소리를 흉내 내는 기계음일 뿐이라는 생각이 들었다. 행정가가 되기 위해 에너지를 쏟아붓느라 사람들과 부대낄 시간이 없던 저 사람은 어쩌면 대화하는 법을 잊었을지도 모른다.

승진만 생각하느라 인간을 이해하려는 노력과 시간, 아이들의 눈빛을 놓쳤다면 내가 저 사람과 같은 기계음을 쏟아 놓았을지도 모른다는 생각이 드는 순간 P가 떠올랐다.

P를 만난 그해에 나는 학교 안전에 관한 업무를 맡고 있었다. 당시

내가 근무하던 학교는 대학 진학이 목표인 일반계 고등학교가 아닌 특성화고등학교였다.

부지런하고 성실한 아이들이 교통안전 지킴이 활동에 지원했다. 전교생의 중학교 내신이 한결같이 고만고만했지만 인성과 습관은 전교생 숫자만큼 제각각이었다. 교통안전 지킴이는 다른 아이들보다 한시간 일찍 등교해야 하는 일이므로 특별히 부지런한 아이들만이 지원했고 선발되었다.

P는 하루도 거르지 않고 교문 앞 큰길을 지켰다. 날마다 한 시간이나 일찍 와서 깃대를 모두 들고 학교 앞 횡단보도로 향했다. 그러면 다른 지킴이 학생들은 학교로 들어오지 않고 곧장 봉사활동을 하곤 했다.

P가 지키는 횡단보도 옆은 인도가 충분히 확보되지 않은 통학로인 탓에 크고 작은 사고가 잦은 곳이었다. 횡단보도뿐 아니라 등굣길 차도에서 아이들의 통학로를 확보하는 것도 지킴이의 몫이었다.

우리 부서 선생님들은 누가 먼저라 할 것 없이 아침 간식을 준비해 왔다. 모두 자신의 아이들 챙기기도 바쁜 아침 시간이었지만 너나없이 지킴이들의 간식을 챙겼다. 간편한 빵이나 떡이 주였지만 더러 김밥을 정성껏 싸 오는 이도 있었다. 봉사하는 아이들 대부분이 아침을 거르고 일찍 온다는 사실을 안 이후로는 더 열성적으로 먹을 것을 싸 왔다. 엄마의 마음으로.

그렇게 아침마다 학교 앞 안전 지킴이 학생들과 먹을 것을 나누며 우리는 점점 식구가 되어 갔다. 5월쯤이 되어서는 매우 가까워져서 서로의 가족관계부터 사소한 일상까지 속속들이 알게 되었다.

그 가운데 유독 P가 눈에 밟혔다. P는 두 동생과 함께 사는 소녀 가장이었다. 두 동생이 아주 어릴 때 이혼한 후 P의 엄마는 연락을 끊었고, 그 얼마 후 아버지마저 세상을 떠났다. 늘 부지런하고 밝은 P의 가정사를 들은 날 아침 우리는 한동안 말을 잃었다. 한참 뒤 누군가 조심스럽게 말을 꺼냈다.

"그럼 지금 사는 집은 친척집이니?"

"아니요, 친척들이 전세금 천만 원을 모아 주었어요. 그래도 월세가 아닌 전세로 살고 있어요."

"그럼 생활비는?"

"동사무소에서 50만 원 나오고요, 저녁에는 제가 갈빗집에서 알바해서 살아요."

"그걸로 생활비가 되니?"

"우리는 그렇게 쓸 일 없어요. 아껴 쓰면 돼요."

그 말을 듣고 머릿속이 복잡했다. 몰랐으면 모르지만 아이 셋만 산다는 집을 모른 척할 수는 없었다. 한번은 P의 집에 가 봐야 할 것 같았다.

"선생님이 너희들 사는 집을 찾아가 봐도 되니? 알고는 그냥 못 있겠다. 저녁에 갈게."

며칠 후 저녁, P가 알려 준 주소를 찾았다. 새로 지은 고층아파트 단지 옆의 원룸촌이었다. 초등학교 3학년쯤 되는 남동생이 문을 열어

주었다. 막냇동생이었다. 방 하나와 부엌 겸 거실이 있는 구조의 집이었다.

세간을 살피다가 냉장고를 열어봤다. 휑한 냉장고 안이 지금도 잊히지 않는다. 김치 한 통 들어 있지 않은 냉장고. 깨물어 먹다 남은 사과 한 알과 곰팡이가 핀 떡볶이가 은박지 위에 말라 비틀어져 있었다. 음식을 해 먹는 냉장고가 아니었다.

P는 물론이지만 두 동생도 아침을 먹어본 적이 없다는 것을 알게 되었다. 점심은 세 남매 모두 학교급식으로 해결한다고 하였다. 초등학생인 두 남동생은 학교가 파하면 지역아동센터에 가서 시간을 보내고 저녁을 먹었다. P는 일하는 가게에서 저녁을 해결한다고 했다.

이것저것 묻던 나는 막내에게 물었다.

"학교를 안 가는 날은 점심을 어떻게 해?"

"전에는 굶기도 했는데 요즘은 상품권을 줘서 분식집 같은 데 가서 먹어요. 그런데 다른 아이들 앞에서 그 상품권 보여주는 게 싫어서 아는 아이들 있을 때는 안 들어가요."

"그렇구나, 그럼 지역아동센터 공부방은 문 닫을 때가 없니?"

"노는 날 중에 그럴 때가 있어요. 그런 날은 그냥 굶죠."

"누나가 일찍 오면 뭐 사오기도 해요."

아르바이트를 하는 누나가 가끔 사오는 간식이 이들에게는 집에서 먹는 유일한 먹을 거리였다. 가슴이 미어졌다. 아버지의 파산으로 죽을 것 같이 힘들던 우리 자매도 할머니 그늘에서 자라 배고픔의 고통을 겪어본 적은 없기에 더 먹먹했다.

밖으로 나와 생수와 아이스크림을 샀다. 햄, 가공된 치킨, 냉동만두들도 손에 닿는 대로 주워 담아 와 텅 빈 냉장고를 채웠다. 겨우 그따위 것들을 냉장고와 냉동실에 넣어주면서 너무나 무력해져서 허탈했다. 냉동실에 넣어 둔 만두를 이 아이들이 챙겨 먹을 수 있을까 하는 생각을 지우지 못하며 그 작은 원룸을 나섰다.

"끼니 꼭 챙겨 먹고 아프지 마라."

P의 집을 나오면서 막내에게 공부 열심히 해야 한다고 말할 수는 없었다. 공부는 그들에게 사치였다. 곧 질풍노도의 시기를 겪을 그들이 서로 의지하며 착하고 건강하게 자랄 수만 있으면 좋겠다는 마음이 간절했다.

P의 집을 다녀온 이후 나는 아이들 앞에서 습관처럼 하던 공부 열심히 하라는 말을 하기가 조심스러워졌다. 공부를 열심히 하지 않는 원인이 모두 아이들의 게으름으로만 보던 내 생각이 얼마나 잘못된 것인지는 P와 또 다른 P들로 가득한 특성화고등학교 아이들이 순간순간 일깨워 주었다. 나는 처음으로 학교가 해야 할 역할과 교육에 대한 정의에 대해 다시 고민하기 시작했다.

P와 또 다른 P 또는 그네의 동생들로 가득한 학교에서 학업성취도 담당 선생들을 불러 모은 교장은 표정 없이 같은 말을 반복했다.

"기초학력 미달이 우리 학교에서는 없어야 합니다."

거의 모든 학생들의 기초학력이 부족한 학교에서 기초학력 미달이 한 명도 없어야 한다는 말은 너무나 공허하게 들렸다. 그럼에도 교장은 무의미한 우격다짐일 뿐인 말을 기계처럼 반복했다. 교사들 입에서 긍정의 답변이 나올 때까지 앵무새처럼 들볶는 교장을 보며 자리를 피할 기회를 만들기 위해 질문을 했다.

"교장 선생님, 작년보다 몇 퍼센트 줄이겠다는 목표를 말씀하시는 것이 현실적인 거 같은데요. 기초학력 미달이 한 명도 없게 하는 것은 불가능하지 않을까요?"

나의 제안에도 교장은 다시 같은 말을 반복했다.

"기초학력 미달이 우리 학교에서는 없어야 합니다."

마치 이교도의 종교의식을 보는 것 같았다. 견디다 못한 몇몇 선생님들이 진지하고 솔직하게 불가능하다고 말했지만 역시 교장은 되풀이하고 있다.

"학업성취도 평가에서 기초학력 미달이 나오지 않아야 합니다."

학교는 멀리서 보면 비극이지만, 가까이서 보면 희극이다.

.

.

잡무도 교육이다

—※※※※※※—

교사에게 반복은 숙명이다.
교사는 가장 기본적인 규칙을 가르치는 최전선에 서 있는 사람들이기 때문이다.

좋은 수업을 하는 교사는 훌륭한 교사다. 그러나 수업이 교육의 모든 것이 아니다. 초보 교사 시절 나도 그랬지만, 수업 외 자질구레한 일을 잡무로만 여기는 여전한 현실은 안타깝다.

어느 긴 하루에 있었던 일이다.

아침 출근 시간이다. 얼굴도 보지 않고 학교 다녀오겠습니다고 말하면서 나가는 아들들을 보내고 허겁지겁 출근 준비를 서둘렀다. 출근 후 할 일들을 머릿속에서 떠올렸지만 정리가 안 되는 아침이었다. 수업 말고도 굵직한 일들이 기다리고 있었다. 시험문제도 마무리해야 하고, 선도위원회도 개최해야 한다. 징계당한 학생들의 보호자 면담

일정으로도 머리가 무겁다. 출근하기도 전에 이미 업무에 대한 압박이 크다.

서둘렀지만 학교에 가니 8시가 다 된 시간이었다. 첫 할 일은 당번 교사를 대신한 아침 자습 지도. 가벼운 마음으로 들어갔으나 교실 안이 그지없이 어수선하다. 그냥 있을 수 없다. 폭풍 잔소리로 교실을 안정시키고 교무실로 돌아오다 현관문 앞에 있는 수십 명의 지각생들과 마주친다. 대부분 늦잠이 원인이지만 등굣길의 흡연이 지각의 주된 원인이다. 마음을 담아 설득하고 당부하며 때론 협박하여 아이들로부터 "다시는 안 하겠습니다."는 소리를 듣고 교실로 올려보낸다. 다시 속을 줄 알면서도 반복하는 것이 교사의 숙명이라는 생각을 하며 하루가 시작된다.

"휴지 버리지 말자."
"지각하지 말자."
"다른 사람 말에 경청하자."
수만 번 반복한 말이다. 교사에게 반복은 숙명이다. 교사는 가장 기본적인 규칙을 가르치는 최전선에 서 있는 사람들이기 때문이다.

시작종이 쳤다. 수업을 목숨처럼 생각하고 있지만 어느 순간 수업은 곁가지의 일이 되어 가고 있다. 수업시간 직전에 허겁지겁 책과 유인물을 제대로 챙겨가기도 어려울 만큼 수업 사이사이에 해야 할 일이 쌓여 있다. 모두 학생과 관련된 일이고, 판단과 결정이 필요한 일이니 누구에게 맡길 수도 마다할 수도 없다. 연달아 수업을 두 시간 하고 회의 준비를 한다. 수업이 빈 3교시에는 교실 절도와 교사에게 불손한 언행을 한 학생 두 명에 대한 선도위원회를 열기로 되어 있다.

쉬는 시간 틈틈이 필요한 자료를 복사하고 회의 장소도 정돈하면서 부산하게 움직인다. 머릿속으로는 회의 순서와 할 얘기를 정리한다. 겨우 7명의 교사가 모여 회의를 하는 것도 쉽지 않다. 그러나 이런 회의는 결코 가볍게 여길 회의가 아니다.

학교에는 다소 미성숙하지만 개성 넘치는 독립적인 1,000여 명의 인격들이 모여 있다. 저마다 다른 기대와 고민, 생각을 가지고 8시간 이상을 생활하는 공간이 학교다. 그래서 학생문제는 매일 다르다. 문제는 매우 사소해 보이는 문제 하나하나가 아이들에게는 결정적일 때가 많다. 선도위원회 회의는 어떤 점에서 인생을 결정하는 재판의 성격이 강하다.

선도위원회는 아이에 대한 한 교사가 가지는 개인적 선입견을 배제하면서 다양한 견해 속에서 합리적으로 결정해야 하는 회의다. 10분이 지나서야 회의가 시작되었다. 40분의 회의 끝에 대상 학생 2명에 대한 징계사항을 결정했다. 그 자리에 있던 담임 선생님들은 학부모와 통화를 하러 급히 자리를 떴다.

다시 수업 종이 울렸다. 부랴부랴 책을 챙겨 4교시 수업에 들어갔다. 아차 2학년 수업인데 1학년 책을 가져왔다. 책은 없어도 되는데 학생들에게 나눠 줄 유인물이 없다. 한 학생을 시켜 유인물을 가져오게 하고 수업 내용을 설명한다. 자료를 보면서 수업하는 것에 익숙한 아이들은 건성으로 수업을 듣는다. 모두 내 탓이다는 자책이 앞서서 제대로 야단도 못 치고 수업을 진행한다.

절대적인 시간이 부족하고 그날그날 급박하게 해결할 일들이 산적해 있어 수업은 그동안 쌓은 역량만큼만 이루어진다. 수업을 위해 따로 자료를 찾을 시간이 없다. 수업에 미숙한 이가 업무를 맡으면 안 되는 이유가 여기에 있다.

점심시간에는 흡연사실을 알게 된 학생의 담임 선생님과 우연히 옆자리에서 식사를 같이 하게 되었다. 식사하는 내내 아이의 문제로 이야기를 하였다.

5교시 수업을 끝내고 자리로 오니 벌써 오늘 선도위원회 결과에 따라 징계할 할 학생의 어머니가 도착해 있다. 전화를 받자마자 온 어머니에게 학생의 징계를 전하는 것은 무례한 일이다. 따뜻한 차를 드리고 아이 문제에 대해 무심하게 이런 저런 얘기를 나눈다. 경계를 푼 어머니는 아이의 어렸을 때의 추억을 꺼내 놓는다. 몇 가지 에피소드만으로도 아이의 어린 시절이 드러났다. 엄마가 가진 기대와 신뢰 그리고 사랑이 보였다. 경청하고 호응하는 내게 엄마는 경계를 풀고 중학생이 된 이후 일탈의 증거와 반항들을 털어놓았다. '그때 내가 좀 더 관심을 기울였다면' 하는 후회도 내비친다. 한 시간 동안의 대화로 학생을 알아간다. 학부모가 경계를 풀 즈음 징계도 학생을 교육하고자 하는 의도라는 것을 설명한다.

한 시간의 상담이 끝날 즈음 또 다른 징계 학생의 담임 선생님이 사색이 되어서 뛰어온다. 그 반 징계 학생의 어머니가 약을 드셨다고 한다. 통화로 징계 소식을 알리고 학교로 와달라고 부탁하고 얼마 후 아이가 뛰어왔다고 한다. 엄마가 약을 먹은 것 같다고 울먹이더란다. 상황을 들으니 심각하다. 112, 119와 통화하며 사정 얘기를 하고 그 집을 찾아가 달라고 하였다. 그 일을 수습하다 보니 하루가 갔다. 너무나 긴 하루였다.

학교는 날마다 예기치 않은 크고 작은 문제가 일어나고 그만큼 해야 할 일이 쌓여가는 곳이다. 어떤 작은 일도 사소한 일이 없다. 아주 예사로운 일이라 치부한 것들이 어떨 때는 한 아이의 인생에 작지 않은 파문을 낳을 때가 종종 있다.

교사는 삶의 지혜와 경험을 녹여 적절한 판단과 결정을 필요로 하는 직업이기도 하다. 겉으로는 평온해 보이지만 물 밑에서 부지런히 발을 움직여야 사는 오리처럼 살아야 하는 것이 교사의 하루다. 교사에게 잡무는 없다.

그래도 학교가 희망이다

행복 프로젝트

학교는 가고 싶은 곳일까.
작은 행복이라도 있는 공간일까.
2005년 봄, 우리는 이 질문에 대한 답을 찾아 나섰다.

"김 선생, 어디가 좋을까. 대부도로 가서 칼국수를 먹을까, 아니면 가까운 유원지에 가서 스테이크를 사 줄까."

교무실의 선생님들이 들떠 있다. 벌써 몇 번째 장소를 바꾸신다. 시간이 갈수록 좋은 장소가 생각나시는 것 같다. 그중에서 강 선생님이 제일 신이 나셨다. 여전히 소녀 같으시지만 실상 강 선생님은 우리 중에서 가장 경력이 많으신 분이다. 자녀 모두 대학을 졸업했고 직장을 다니고 있다.

학교 공부에 흥미도 없고 지각, 결석이 잦은 아이들에게 학교는 어떤 공간일까. 2005년 봄, 우리 부서 선생님들은 이 질문에 대한 답을 찾아 나섰다. 그날 우리의 토론 주제는 지각, 결석을 예사로 되풀이하는 학생들이 학교에 관심을 갖게 하는 것이었다.

학교에서 '행복한 경험'을 갖게 해야 학교에 오는 것을 좋아할 수 있다는 생각에 모두 뜻을 모았다. 우리는 이 기획을 '행복 프로젝트'라 명명했다. 그 후 실행 가능한 일을 찾느라 회의를 거듭했다. 막연한 아이디어가 이어지던 그때 은희 샘이 '3+1 같이 밥 먹기'를 제안했다. 교사 1명이 학생 3명과 함께 한 끼를 먹자는 기획이었다.

모두 찬성했다. 의도도 좋고 동료 교사들의 호응도 쉽게 끌어낼 수 있을 것 같았다. 쓸 수 있는 예산도 50만 원쯤 되니 돈 걱정도 없었다. 교사의 밥값을 줄 수 없고 학생 세 명에 한해 밥값 만 오천 원만을 지급한다는 조건이 마음에 걸렸지만 선생님들이 기꺼이 호응해 줄 것이라 믿고 추진했다.

교직원 회의시간에 '3+1 같이 밥 먹기' 프로젝트를 발표하고 협조를 구하자마자 35명의 교사가 지원했다. 행복 프로젝트는 그렇게 시작되었다.

경제적으로 부담이 가는 장소로 계속 바꿔가는 강 선생님이 걱정이 되어서 조심스럽게 여쭈었다.

"선생님, 만 오천 원밖에 못 드리는데 그렇게까지 멀리 가는 것 괜찮으시겠어요? 학교 주변 분식집에 가도 애들은 좋아할걸요."

"뭘, 내가 조금 쓰지. 즐겁게 쓸 수 있어. 수업 중 못되게 구는 애들이지만 같이 밖에서 밥 먹다 보면 서로 마음도 풀어지겠지. 대신 내가 가르치는 반 아이들로 묶어 줘."

"감사합니다, 선생님."

옆 부서의 효영 샘은 애들과 떡볶이를 먹으러 가겠다고 한다. 대학가 근처의 맛집을 안다고 벌써부터 자랑이다. 사회를 가르치는 효영 샘은 초등학교 저학년인 아이 둘을 키우고 있다. 육아로 인해 시간 내기가 어려워 가까운 장소를 물색한 것 같다.

혜정 샘과 승민 샘은 아직 미혼이다. 차가 없는 혜정 샘은 그날 아버지 차를 빌려서 행복 프로젝트를 할 거라고 한다. 승민 샘은 다른 부서의 선생님과 같이 프로젝트를 치른다고 했다. 여러 선생님들이 프로젝트 미션을 핑계로 친한 선생님들과 뭉치기로 하는 것 같다. 학생 9명이 교사 3명과 야영장에 가서 고기를 구워 먹기로 했다는 팀도 있다. 35명의 교사들이 저마다 기발한 장소에서 모임을 꾸려 나갔다.

소식을 전해 들은 학교의 문제아들도 들떴다. '3+1 같이 밥 먹기' 프로젝트가 공포되고 대상자를 선정한 직후부터 지각과 결석이 현저히 줄었다. 집이든 학교든 매일 핀잔을 듣기 일쑤인 아이들은 선생님 차를 타고 잠깐이라도 밖에서 저녁을 같이 먹을 수 있다는 사실만으로 조금 변화를 보였다.

그런데 시간이 문제였다. 늦게까지 수업이 있는 고등학교 특성상 아이들과 동행하는 작은 나들이도 시간을 만들기가 어려웠다. 교사들도 마찬가지였다. 어린아이들이 집에서 기다리는 교사들에게 시간은 어려운 숙제였다. 학교가 일찍 끝나는 날에만 프로젝트를 실행할 수 있는 보이지 않는 어려움이 있었다. 그날은 체육대회가 있는 날이었다. 20팀 정도가 그날 단행하기로 결정했다.

최소의 비용으로 최대의 효과를 얻을 것이라 예상했던 프로젝트는 또 다른 난관이 기다리고 있었다. 학교에 준비된 신용카드가 6개밖에 없다고 했다. 비용 지불을 카드로만 해야 된다는 강제 조건에서 6장의 카드는 뜻밖의 암초였다.

학교에서는 교사들에게 현금을 나눠줄 수는 없다고 못을 박았다. 완고한 교육 행정가는 관련 문서를 찾아 지침을 손으로 가리키며 '안 된다'는 말만 앵무새처럼 반복했다. 길고 긴 줄다리기가 이어진 끝에 가까스로 타협점을 찾았다. 6명은 카드를 쓰고 나머지 교사들에게는 돈을 받았다는 자필서명을 받고 현금을 지급하도록 하면서 문제는 해결되었다.

만 오천 원을 쓰는 것조차 불신의 눈으로 쳐다보는 답답한 행정을 보면서 행정가라면 이런 일을 절대로 계획할 수 없겠구나 하는 생각을 했다. 경직된 관행의 암초 속에서도 학생을 도울 수 있는 것은 교사라는 확신이 들었다. 학생을 진정으로 돕고 싶어 하는 교사의 아이디어가 역시 교육의 희망이 될 수 있다는 생각이 커졌다.

우리가 기획한 행복 프로젝트는 기대 이상의 성과를 보여주었다. 물론 그 성과는 행정의 눈으로 보면 공허하고 관념적인 것이었다. 그러나 그날 이후 프로젝트에 참여했던 이른바 문제아들의 교무실 출입이 잦아졌다. 그냥 아무 일 없이 놀러 오고 수다를 떨다 갔다. 마음의 벽이 조금은 허물어지고 보이지 않는 신뢰는 쌓여 나갔다. 당연히 결석도 줄었다.

희망은 아주 작은 동행과 실천에 있다는 것을 깨닫게 해 준 프로젝트였다.

H의 졸업식

편견 없이 아이들의 아픔을 보듬는 교사들을 보았다.
그들이 있기에 학교는 아직 희망이 있다.

오늘은 졸업식이다. H의 엄마가 교무실을 찾아왔다. 딸 때문에 위기를 겪었던 엄마는 딸이 무사히 졸업하고 본인이 원하는 대학을 간 것에 대해 담임 선생님께 감사의 인사를 전했다. 딸의 졸업이 감동으로 다가온 엄마는 눈에 눈물을 달고 몇 번이고 고개를 조아렸다. H가 학교에 다닐 수 없을 것 같았던 위기를 아는 나도 H 담임 선생님께 "샘, 애썼네." 하는 말로 노고를 위로했다.

작년 5월, H의 엄마가 학교에 온 적이 있다. H는 그날도 학교를 안왔었다. 그날 도시적 이미지를 가진 세련된 엄마는 담임 선생님과 오랫동안 대화를 나누었다.

경 한국고등학교 졸업식 축

학생들의 근태 상황은 학생의 생활을 읽는 가장 큰 바로미터다. 학생의 안전과 건강을 평가하는 가장 큰 기준이 된다. 학교에서 받는 상중에 가장 큰 상이 3년 개근상이라는 말은 결코 우스갯소리가 아니다.

공부보다 생활지도가 중요한 학교에서는 어떤 날은 하루 대여섯 명의 학생만이 온전하게 하루를 지킨다. 점심 급식을 중심으로 아이들이 움직인다. 3교시쯤 와서 점심을 먹고 오후까지 있거나, 아침에 정상적으로 등교한 후 점심을 먹자마자 조퇴를 하는 학생들이 다수인 아이들이 있는 교실도 있는 것이다.

출석부 정리가 어려운 학교일수록 교사들이 가지는 마음의 짐은 크다. 교실을 지켜야 할 아이들이 자리를 비우는 것은 대부분 비행과 관련이 있다. 학생들의 결석은 원인도 복잡하고 교사가 어찌할 수 없는 능력 밖의 것이기에 스트레스가 더 크다. 일반 직업군의 일회적 만남에서 얻는 감정노동과는 차원이 다른 스트레스다.

초임 시절 가출을 밥 먹듯이 한 아이들을 퇴학시킨 적이 있다. 이해할 수 없는 아이들의 행동 때문에 담임 교사였던 나는 마음이 돌아서 버렸다. 교사와 얼굴을 마주할 때는 용서를 빌며 "다신 안 그러겠습니다."하고 다짐하지만 며칠 지나면 아이들은 영락없이 가출을 했다. 지속적으로 대화를 나누려고 하고 때론 협박하며 아이들의 가출을 막으려고 노력했지만 아이들은 가출의 늪에서 빠져나오지 못했다.

그해 가출을 자주 하는 그 아이들 3명 때문에 학교 선도위원회가 열렸다. 3명의 아이들은 학교 교칙에 의해 퇴학을 당했다. 어린 교사의 능력을 벗어나 교칙과 선도위원회라는 수단에 의해 만들어진 결정이었지만 그때의 상실감은 감당하기 쉽지 않았다. 더 적극적으로 아이들을 옹호하지 못했던 것이 두고두고 회한으로 남았다.

H의 엄마가 온 날, 학년의 결석생은 9명이었다. 감기몸살로 아프거나 부모랑 여행을 떠난 학생이 8명이었다. 그러나 H의 결석은 걱정거리였다. 담임 선생님을 통해서 H가 학교를 오지 않고 집에 주저앉게 된 이유를 들었다. 엄마와 갈등을 빚고 있다고 한다. H의 엄마는 요즘 흔하게 만나는 관리형 엄마의 전형이다. 딸의 일거수일투족에 관여하는 엄마에 대한 반항이 결석으로 이어지고 있었다.

담임 선생의 표현을 빌리자면 H는 엄마의 통제가 지긋지긋하다고 말했다고 한다. 학교에서 일어나는 일조차 꼬치꼬치 묻는 엄마의 간섭에 화가 나서 학교를 안 다니겠다고 했다고 한다. 그 말을 전해 들은 며칠 후 그 엄마가 다녀간 것이다.

"부장님, 어머니가 H를 자퇴시키고 싶대요. 아이도 원하고 본인은 더 원한대요. 아이를 이대로 두는 것보다 자퇴하고 홈스쿨링을 해야 원하는 대학을 갈 수 있을 것 같다고 하네요."

"선생님 마음은 어떤데요? H가 자퇴했으면 하나요?"

젊은 날의 나처럼 결석생을 내치고 싶은 마음은 없는지 물어보고 싶었다.

"우리 반에만 장기결석생이 있는 것은 불편하지만 그래도 학교에 다니도록 설득하고 싶어요. 지금 그만두면 되돌릴 수 없잖아요."

마음이 따뜻해졌다. 그가 내 동료라는 것이 좋았다.

"그러면 우리 노력해 봐요. 선생님은 아이의 마음을 열어보고 나는 엄마와 면담을 한번 해 볼게요. 주선해 주세요."

결석 중이지만 H의 담임 선생님은 H와 끊임없이 톡으로 대화를 시도했다. H의 담임 선생님은 학교에 안 온 것에 대해 핀잔을 주거나 화를 내지 않고 천연덕스럽게 톡을 주고받았다.

두 사람을 보면서 나도 H의 엄마와 긴 얘기를 시작했다. 이렇게 그냥 학교를 자퇴하도록 놔두면 H가 너무나 먼 길을 돌아가야 할 것 같다고 솔직하게 말했다. 한때 문제아였던 아들을 가진 엄마이기에 자신 있게 설득할 수 있었다.

"엄마의 품에서 놓아 주세요. 엄마가 욕심을 버리면 아이가 화해를 하러 올 겁니다. 아이가 자신의 인생을 진지하게 생각하고 자신의 삶을 직접 설계할 수 있도록 시간을 주세요."

그냥 놔두자는 어려운 설득을 해야 했다. 설득이 통한 것인지 H 엄마는 자신만의 어떤 것을 내려놓은 것 같았다. 학교 근처 원룸을 얻어 H를 데려다 놓았다. 엄마와 떨어진 H는 결석을 멈췄다. 사려 깊고 현명한 담임 선생님은 아이를 따뜻하게 보살폈다. 극도로 불안해하며 결석을 밥 먹듯이 하던 H는 평온해졌다. 자퇴를 원하던 H는 딱 두 달 후 부모가 있는 집으로 돌아가 엄마와 화해했다.

노래도 가르쳐야 한다

―※※※※※※※※※※―

학교가 없는 도시에는 사람이 살지 못한다.

"자기소개를 하거나 특기를 발표할 사람 있으면 나와서 해 봐라."

조금 전까지 소란스러웠던 아이들은 갑자기 조용해지더니 서로를 둘러보았다. 누군가 용기 있게 나왔으면 하는 표정이다. 손을 들거나 앞으로 나오려고 멈칫멈칫하는 학생도 없었다. 교사와 눈을 피하려는 듯 고개를 아래로 떨구었다.

기말고사가 끝난 직후의 수업시간이었다. 학년 말이다 보니 수업이 목적을 잃었다. 수업이 갈 길을 잃으면서 자연스레 아이들의 의욕도 꺾여 있다. 이런 시간을 의미 있는 시간으로 만드는 것도 교사의 역할이고 능력이지만 해마다 고역이다.

용기를 주려고 평소에 활달했던 학생 몇 명의 이름을 불렀다.

"형규, 한 번 해볼래? 오늘 같은 기회가 아무 때나 있는 게 아니잖아."

형규는 평소와 다르게 손사래를 친다.

교실을 둘러보다가 지우를 쳐다보았다. 지우는 리더십이 있는 학생이다. 학급 일에 솔선수범하고 교우관계도 좋아 아이들이 따르는 학생이다.

"지우, 어때? 아니면 아이들한테 하고 싶은 말이 있으면 해도 좋고."

지우도 손사래를 친다. 얼굴이 붉어지면서 단호하게 손을 흔드는 표정을 보니 절대 할 것 같지 않다.

학급에 있는 아이들이 박수를 치며 "지우, 지우, 지우" 하고 응원했지만 끝내 불발이 되었다. 일 분의 시간이지만 지루하게 느껴지고 있다. 갑자기 교무실 책상에 놓아둔 악보가 생각났다. 교실에 버려져 있던 것을 주워 놓은 것이다. 아이들에게 잠깐 기다리라고 말하고 급히 교무실에 가서 악보를 복사해 왔다.

반장에게 컴퓨터로 음원을 찾아 틀어 놓게 하였다. 그리고 음정에 맞춰 아이들과 같이 노래를 했다.

"♪♪♬♪~ 눈을 뜨기 힘든"

연결된 스피커에서 소리가 퍼지기 시작했지만 아이들은 여전히 소극적이었다. 몇 명만이 겨우 작은 소리로 음을 찾아가고 있다.

'이대로는 안 되겠다'는 생각에 먼저 크게 따라 불렀다.

"♪♪♪♬~ 오늘은 어디서 무얼 ~~할까, 창 밖에~~~~"

선생님의 소리에 용기를 얻었는지 아니면 고음의 소리에 자기들 소리가 묻힐 것이라 생각했는지 쭈뼛거리던 아이들이 적극적으로 악보를 보며 가사를 읊조리기 시작했다. 몇 번을 반복해 부르니 목소리가 점점 커졌다. 뒤에 앉은 어떤 학생은 마치 성악가처럼 굵은 바리톤 목소리를 만들어 내기까지 했다.

몇 번 노래를 반복한 후 나는 아이들을 보며 다시 물었다.

"대표로 불러 볼 사람 있을까?"

앞에 앉아 있던 수민이와 형규가 서로 눈짓을 하고 있다. 평소에 말이 없던 수민이가 손을 들어 물었다.

"선생님, 둘이 같이 불러도 돼요?"

"물론이지."

나는 흔쾌히 괜찮다고 말했다. 형규와 수민이가 하는 노래는 음정이 불안하긴 했지만 무난하게 불렀다. 아이들은 그 용기에 감탄하며 박수를 쳤다.

뒤에 앉아 있던 명수가 손을 번쩍 들었다.

"제가 해 볼게요."

명수는 악보를 보고 멋들어지게 불렀다.

수업이 끝나는 종이 칠 때까지 연이어 노래가 이어졌다. 모두 아쉬워하는 표정을 보고 교실을 나왔다.

인상적인 경험을 한 얼마 후 대학에서 성악을 가르치는 지인을 만나게 되었다. 그날의 인상적인 수업에 대해 이야기를 나누었다.

듣고 있던 지인의 말이 인상적이었다.

"노래도 가르쳐야 해요. 배워야 할 수 있어요."

"요즘 아이들은 언제나 귀에 이어폰 꽂고 살잖아요, 매일 노래를 듣잖아요. 우리 아들들은 잠자리에서도 노래만 듣고 있던데요."

그러자 지인은 확신에 차서 다시 말했다.

"그렇지 않아요. 듣는다고 노래를 할 수 없어요. 노래를 10년 이상 가르치면서 이 생각이 더 확고해졌어요."

시간표와 진도표에 따라, 더 감각적으로 표현하면 차임벨에 맞추어 조건반사적으로 교실 수업에 드나드는 것에 익숙해져 살아왔으므로 수업에서 배움이 가진 의미를 되새겨볼 겨를이 없었다. 교과 속에서 수업 소재와 활동 조금 더 나아가 학습자의 수준에 관심을 갖고 각본에 따라 일사불란하게 움직이면서 살아왔으므로 배움의 가치를 생각할 시간도 없었다.

그런 와중에 경험한 인상 깊은 사건은 배움에 대한 가치와 의미를 되새겨보게 하였다. 의미 없이 보낼 수 있었던 시간에 우연히 해 본 노래 부르기에 아이들은 순간 반짝였다. 시작할 즈음에는 소극적이던 학생들이 가사를 읽고 음정과 박자에 익숙해진 이후 적극적으로 변하는 것을 보고 놀랐다. 잠깐의 배움을 통해 열정이 변하는 것을 본 것은 신기한 경험이었다. 겨우 몇 분의 시간을 배움에 투자했는데도 달라지는 아이들을 보았다.

'노래도 배워야 할 수 있어요'라고 말하던 지인의 확신에 찬 표정이

다시 떠올랐다.

무엇이 우리를 행복하게 하는가. 의미 있는 시간을 함께 교감하며 보내는 순간 그 찰나에 어쩌면 우리는 행복하다. 부족함을 알 때 배우고 싶고, 배우는 순간 행복함을 느끼는 것은 인지상정이다. 우리는 행복을 위해 배움의 시간을 확보해야 한다.

'학교가 없는 도시에는 사람이 살지 못한다.'

탈무드의 한 구절이 생각났다.

후배가 배운다

一網網網網網網網網網網網

아이들과 수업을 통해 부대끼며 살아왔다. 그 긴 시간에 대한 보답은
보이지 않지만 마음을 충만하게 하는 '표정'으로 돌아왔다.

4교시가 끝나는 종이 울리자마자 급식실 입구로 뛰어갔다.

〈후배가 배운다〉고 써 붙인 작은 종이 팻말 하나를 손에 들고 뛰어
오는 아이들을 쳐다본다. 이 학교 발령 첫해의 힘겨움과 위태로움이
떠올랐다. 그해 공교롭게도 3월 첫 주의 급식당번이었다. 밀고 들어오
는 3학년 학생들로 인해 문 앞에서 목숨 걸고 덩치 큰 남학생을 막았
던 기억이 있다. 그날 아이들은 정글 속 맹수의 본능을 집단적으로 한
껏 발산했다. 〈선생님〉이라는 팻말이 붙어 있어도 나를 둘러싸고 소리
없이 으르렁거리던 맹수들. 위험하기만 했던 그날의 경험이 오랫동안
몸에 각인되어서인지 아이들이 오기도 전에 몸이 저절로 긴장했다.

같은 일이 되풀이될 수 있다는 개연성에 그 이후에는 작은 종이 팻

말이라도 만들어 와서 아이들의 주의를 끌게 한 후 질서 지도를 하고 있다. 2층 복도에서 날쌔게 뛰는 학생들 발자국 소리가 들린다.

급식실로 내려오는 계단으로 익숙한 얼굴들이 뛰어 내려오고 있다. 지혁이, 상준이, 세창이, 상혁이, 민수 모두 아는 얼굴이다. 계단으로 내려오는 아이들은 종이 팻말을 들고 있는 나를 보자 희색이 돈다. 작년에 1년간 가르친 3학년 학생들이다. 말하지 않아도 질서를 지켜 줄을 선다. 1년의 시간이 준 선물이다. 한 명씩 급식실로 들어가며 인사를 한다. 나와 눈을 마주치고 한 마디라도 건네려고 애쓴다. 나는 계속 응답이자 잔소리를 하며 아이들을 들여보낸다.

"회철이, 이제 아침은 먹고 오나?"

"예."

"수성이, 3학년 올라갔으니 방황은 끝내야지."

"이제 자습도 해요. 공부 열심히 할 거예요."

"재현이, 조금만 더 공부에 집중해라."

"예, 그러겠습니다. 선생님."

"진우, 밤에 딴짓하지 말고 잠 좀 자라."

빙그레 웃고 간다.

"연수, 너 피부가 좋아졌다. 커피 그만 먹어라."

"노력하고 있어요."

"준민이, 담배 끊었나?"

"노력하고 있습니다."

"철희, 3학년 돼서는 사람 돼 가고 있냐? 이제 선생님들한테 그만 대들어라."

"선생님, 저 많이 변했어요."

끊임없는 잔소리에 학생들은 짧은 답변을 하거나 웃음을 보이면서 급식실 안으로 들어가고 있다. 간혹 어떤 학생들은 손가락이나 팔로 하트모양을 만들며 애교를 부리며 들어간다.

생각해보면 얼마나 매력적인 일인가. 먹잇감을 놓고 포효하는 정글의 맹수 같이 험악하기만 했던 아이들이 사랑스러운 순둥이로 변해 버렸다. 겨우 1년 만에.

급식실로 들어오는 이들 3학년 학생들과 지난 1년 동안 일주일에 세 시간씩 만났다. 시간을 같이 보내는 동안 소통을 했고, 이제 얼굴만 봐도 서로 어떤 상태인지 알 정도로 친숙한 사이가 되었다.

소통하고 교감하며 추억을 만드는 과정이 쉽지는 않았다. 하지만 겨우 그 정도의 시간만으로 격하게 반응하는 아이들을 보면 교사로서 감격스럽다. 사실 교사생활을 오래 할수록 이전에 가르친 학생이 외면하지 않고 웃음으로 대하는 것만으로도 감격한다. 그만큼 행복의 기준이 소박해진다.

3월 첫 시간의 풍경은 내가 경험한 30년이란 시간 속에서 아이들의 교사에 대한 인식 변화를 가장 극명하게 대비시킨다. 30년 전 떨리는 마음으로 교실 문을 열고 들어갔을 때, 한 명도 흐트러짐 없이 차렷 자세로 앉아 있던 아이들은 인상적이었다. 그 경직된 순박함이라니. 응시하는 120개의 눈길에서 나는 교사에게 절대복종하고 순종할 것이라는 다짐까지도 읽을 수 있었다.

30년이 지난 지금의 3월 첫 시간은 너무나 자유분방하다. 교사가 들어오든 말든, 삼삼오오 모여 있다. 몇 팀은 교실 뒤에 서 있고 몇 팀은 의자에 앉아 대화에 열중이다. 이제 교사가 학생을 내려다볼 교단도 없다. 교탁 앞에 서 있는 교사의 키보다 한 뼘은 더 큰 아이들은 교사를 거들떠보지도 않는다. 한참 동안 아이들 쪽을 응시하면 그제야 누군가 '선생님 오셨다'고 소리친다. 그렇게라도 수습이 되어 자리에 앉아주면 고맙다고 생각할 정도로 이제 교실 분위기는 변했다.

아이들만 변한 것이 아니다. 30년이 흐르며 나도 아이들만큼 유연해졌다. 집단이 아니라 개개인에 집중하게 되었다. 학생 한 사람 한 사람에게 일일이 긍정적인 메시지를 전하는 것을 당연하게 여기게 되었다.

아이들을 있는 그대로 이해하고 소통하려고 노력하면 보답이 있음을 실감한다. 급식실 앞을 지나치는 아이들의 표정이 그 증거다. 시지프스의 형벌처럼 해마다 3월이면 다시 출발선에서 시작을 해도 교단에 서면 나는 소박하게 행복해진다.

서성거림의 교육

―張張張張張張張張

깊은 사색의 서성거림 속에 위대한 발견이 이루어졌듯이
교육도 서성거리며 아이들을 기다려주어야 한다.

요즈음에는 진지한 수업 태도를 기대하기가 정말 어렵다. 중학교 교육과정에서 이미 배운 내용이나 조금이라도 아는 단원이면 학생들은 더 무심하다. 교실에 앉아 있는 학생들의 수준과 태도도 천양지차다. 수능 필수과목이 아닌 교과의 경우는 더욱 그렇다. 교과서를 받은 순간부터 학습 시간표에서 제외시킨 학생이 절반 이상이다. 과목이 진로와 연관된 학생이라 하더라도 관련 문제를 수십 개 풀어보고 선행 학습을 한 것으로 끝냈다고 생각하기도 한다.

수준과 태도가 이처럼 다른 아이들에게 나는 몰입도를 높이기 위해 안간힘을 쓴다. 우선 나태한 수업태도를 용납하지 않는다. 의자를 끌어당기게 하고 차렷 자세를 명령한다. 모든 학생이 집중하는 태도를 보일 때 아주 작은 소리로 수업을 시작한다.

유전에 관한 수업은 멘델의 실험을 소개하면서 시작된다. 나는 칠판에 간단히 멘델의 실험 내용을 요약해 적는다.

"멘델은 보라색 꽃과 흰 꽃을 수정해서 자식을 얻었어."

칠판을 보면서 그대로 읽는다. 이제 질문이 시작된다.

"자손은 어떤 자손을 얻었지?"

"모두 보라색 꽃이요"

칠판에 답이 있으니 대답은 우렁차다.

"왜 그랬을까?"

학생들의 자신 있는 답변이 이어진다.

"보라색 꽃이 세요."

"우성이라서요."

예상했던 답변 수준을 넘지 않는다. 중학교 교육과정에서 이미 다룬 내용이므로 우성이나 열성이란 용어는 익숙하다.

"아, 그렇구나."

나는 매우 놀란 것처럼 긍정의 메시지를 준다.

칠판을 보며 다시 질문을 이어간다.

"지금 얻은 그 자손들끼리 수정해서 손자들을 얻었어. 손자들은 어떻게 나오지?"

"보라색 꽃과 흰 꽃이 3대 1로 나와요"

마치 앵무새처럼 되뇐다. 시험으로 사람을 키운다면 여기에서 멈추면 된다. 다 아는 것을 또 가르칠 필요는 없다.

나는 질문을 이어간다.

"아까 부모세대에서 보라색 꽃과 흰 꽃을 수정해서 얻은 수백 개의 꽃 모두 보라색 꽃이었는데, 보라색 꽃과 보라색 꽃을 교배해서 얻은 자손에선 왜 흰 꽃이 나온 거지? 이상하다. 왜 그런 거지?"

답변이 없다. 학생들 머릿속에서 모순이 발견된 것이다.

마땅한 답변을 찾으려고 머리를 굴리고 있다.

나는 다시 질문을 이어간다.

"멘델은 유전자란 단어도 몰랐어. 멘델은 이 결과를 얻고 어떤 생각을 했을까?"

"멘델은 무슨 일을 할 수 있었을까?"

다시 여기저기서 답변이 나온다.

"당황했겠죠."

"실험을 다시 해봐요."

"훌륭한 답변이다."

아낌없이 칭찬한다.

"아마 잘못 나온 결과라고 생각하며 같은 실험을 반복해 봤겠지. 그런데 다시 같은 결과를 얻었다면?"

"다시 실험해 봐요."

학생들은 자신감을 잃은 채 답변한다.

"그래 세 번째 네 번째 다시 해 봤을 거야. 그런데도 같은 결과를 얻은 거야. 다음에 뭘 하지?"

아이들은 갑자기 갈 길을 잃는다. 내가 놓치고 싶지 않은 순간이다. 어디서 작은 소리로 답변이 이어진다.

"고민하겠죠."

"그래 심각한 고민에 빠질 거야. 이렇게 얻은 결과를 해석하기 위해 고뇌에 가까운 고민이 따르겠지. 우리는 이것을 지적 갈등이라고 하지."

다시 엉뚱한 질문을 해 본다.

"너희는 고민에 빠지면 어떻게 하지?

"밥맛을 잃어요."

"그 생각만 하게 되요."

"잠만 자요."

여기저기서 자기 나름의 답변을 쏟아 놓는다.

"그까짓 고민, 너무 고통스러우면 그만하면 되지 않을까? 이런 고민한다고 누가 밥 주는 것도 아니고 적당히 살면 되지 않을까. 그런데 멘델은 왜 계속 고민했을까?"

나는 모른 채 고민을 멈추는 방법을 제안한다.

학생들의 머릿속은 혼란스럽다. 학생들은 본인들은 이런 상황에서 멈추겠지만 멘델은 그러지 않았다는 것을 안 것이다. 과학적 원리가 나오기까지 개인이 가졌을 갈등과 어려움을 이해하는 순간이다.

나는 이때를 기다려 '서성거림'에 대해 이야기를 풀어나간다. 멘델이 이 실험 결과에 대한 합리적 답변을 내리기 위해 얼마나 많은 새벽에 잠이 깨었을지, 얼마나 오랜 시간 수도원의 정원을 서성거렸을지를. 밥을 먹다가 멈추고 다시 생각에 잠기는 것을 상상해 보라며, 서성거림을 이야기한다. 학생들의 머릿속에서 과학자가 가졌을 집념과 고뇌를 간접적으로라도 느낄 수 있도록. 몇 명의 학생들이 150년 전 과거로 돌아가 멘델의 고뇌를 체감할 수 있을까. 그 순간 나는 그 서성거림의 결과인 통찰을 소개한다.

"멘델은 세포내 유전을 결정하는 무엇(something)이 2개씩 쌍으로 존재할 것이라는 생각이 갑자기 들었고, 그것이 분리되어 자손에게 전달될 것이라는 생각을 한 거야. 중요한 것은 이것의 실체를 본 적이 없다는 거지."

"오랜 서성거림이 없었고, 해결하고자 하는 정성과 집념이 없었다면 이런 생각은 절대로 안 나오지."

학생들은 진지해진다. 이 순간을 교사가 놓칠 수는 없다.

"분리의 법칙이란 용어가 왜 나왔을까?"

"분리되어서 나왔기 때문이죠."

"훌륭하다."

칭찬을 많이 해 줘도 부족하지 않다. 교과서나 참고서에 나온 글을 아무리 읽어도 이 순간 이 학생이 답한 단순한 답변만큼 정확하지는 않다. 이 학생은 내가 말한 것의 핵심을 이해하고 있는 것이다.

서성거림을 통한 과학자의 통찰과정을 전해준 수업을 하고 나와 잠깐 생각에 잠긴다. 오늘의 수업을 통해 무엇을 알려주고 싶었는가.

오스트리아의 수도사 멘델이 우연히 해 본 실험 결과로 인해 가지게 되었던 고민과 집착으로부터 어떻게 하나의 과학원리가 탄생했는지를 느끼게 해 주는 것이 내가 원하는 수업이었다.

위대한 발견을 재능이나 우연의 결과로 잘못 생각하고 있는 아이들을 깨우치는 것이 또 하나의 목표였다. 자신의 삶에 투영해 자신이 가진 고민을 사색을 통해 해결하는 작은 출발점이 되기를 바라면서 과학수업을 하였다. 누군가의 잠재력과 영감의 예민한 선을 건들 수 있기를 바라는 한 가닥의 희망을 품고.

생각에 잠겨 있는 사이에 언제 왔는지 석이가 옆에 있다.

"아, 석이 왔어? 왜 왔어? 뭐 물어볼 것 있니?"

"선생님, 저 과학자가 되고 싶어요. 어떻게 해야 되요."

"과학자, 궁금한 게 있으면 답을 얻을 때까지 탐구하는 게 과학자의 역할이지. 누구나 과학자가 될 수 있지."

"예, 선생님. 공부를 하면서 공부는 재미있어서 하는 게 아니고 의무라고 생각했어요. 그런데 전 이제야 두근거리는 게 뭔지 알았어요. 공부하고 싶어서 아침에 눈을 일찍 뜨게 되는 것을 알게 되었어요. 꼭 과학자가 되고 싶어요."

헬렌켈러는 동트기 전에 일어나 밤이 아침으로 바뀌는 순간을 가슴 설레는 기적이라고 말했다. 서성거리는 삶을 희망하는 아이들을 보는 것은 가슴 벅찬 기적이다.

창영동 마음 충전소

—❋❋❋❋❋❋—

학창시절 나는 가난했기에 헌책방 한 구석에서 가장 행복했다.
내가 잃어버린 헌책방 거리를 우리 아이들은 어디선가 찾아냈을까.

'고객님, 안녕하세요? 택배입니다.'

이틀 전 신청한 책을 경비실에 맡겼다는 톡이 왔다. 지난번에 배달
된 책도 아직 못 읽어서 거실 탁자 위에 쌓여 있다. 인터넷 문고가 생
기면서 신문이나 방송에서 추천 도서가 소개되면 속도 살피지 않고
우선 사놓고 보는 구매 습관이 생겼다. 안 읽은 책이 쌓여가면서 마음
에 짐이 되고 불편하지만 습관을 쉽게 멈출 수가 없다.

책과 정보의 홍수 속에 지금 내 손 안에 두지 않으면 제목조차 잊어
버려 읽을 기회도 오지 않을 것 같은 조바심이 멈추지 못하는 이유이
다. 멈춰야 함에도 멈추지 못하는 이유가 혹시 책 살 돈도 없던 가난
한 시절에 대한 보상심리는 아닐까 하고 스스로에게 자문하곤 한다.

서재 가득 책이 있고 편리한 도구들이 가사 일을 대신하면서 책 읽을 시간도 충분하지만 그때처럼 몰두해서 책을 읽을 수 없는 것을 보면서 그 시절을 오히려 추억하는 나를 발견한다.

새 책 한 권을 사기 힘들었던 어린 시절 나는 헌책방 책더미에 파묻혀 지냈다. 쓰러질 듯 아슬하게 쌓인 책더미에서 한나절을 찾은 끝에 원하던 책을 찾아 읽던 시절이었다.

무심코 책장을 넘기다 책 속에 끼워 있는 마른 단풍잎은 덤이었다. 책 안쪽의 면지에 쓰여 있는 손 글씨와 가끔 끼워 있는 뜻 모를 메모지의 필체를 보며 원 주인을 짐작해 보는 것도 재미였다. 가끔 운 좋으면 네잎클로버가 끼워 있기도 하니 헌책은 웃음과 행운을 주는 세상살이의 소품이었다.

창영동 헌책방은 전철 통학이 준 선물이었다. 동인천역에서 동암역까지 전철 통학을 할 수 있는 고등학교를 다녔다. 일 분이라도 늦으면 교문을 무사히 통과하지 못하던 시대였다. 설사 교문에서 벌을 받더라도 매를 들고 교실 문을 지키고 있는 담임 선생님을 만나는 것만은 피하고 싶었던 여고시절이었다.

제 시간에 전철을 타기 위해서 동인천역까지 뛰었다. 전철에서 내린 후 학교까지 가는 시간을 줄이려면 3통 1반 칸에 타야 했다. 내리면 바로 뛰어나가 계단을 오를 수 있기에 그 자리에서만 타곤 했다. 안 늦으려고 타기 전에도 뛰고 내려서도 뛰던 시절이지만 전철을 탄 이후는 항상 앉을 수 있었던 행운을 가졌다. 딱 10분간 앉아 있을 여유가 있었다. 그 10분의 독서를 지금도 잊을 수가 없다. 놀라운 집중의 10분이었다. 집중도를 발휘할 수 있는 시간으로 10분보다 더 좋은 시간은 없다고 지금도 생각한다. 헌책방 거리가 있는 전철 통학길. 어쩌면 나는 책을 읽기 위해 전철을 탔을지도 모른다.

히스클리프의 비극이 애절한 〈폭풍의 언덕〉도 우연히 창영동에 들렀다가 책방 바닥에서 얻은 책이었다. 신분을 넘어선 캐서린과 히스클리프의 슬픈 사랑은 여고생이 책에서 손을 떼지 못하는 충분한 이유가 되었다. 내지 곳곳이 누렇게 바래고 드문드문 밑줄이 그어져 있던 책이었다. 앞선 주인이 그어 놓은 밑줄에서 그가 느꼈을 어떤 정서를 상상하는 것은 헌책만의 또 다른 묘미였다.

가슴을 서늘하게 하는 갈대밭 소리가 들리는 황량한 언덕에 대한 시각적 이미지는 영국이라는 나라가 가진 자연환경을 오랫동안 오해하게 했다. 가지 않은 이국이 척박하고 외진 곳일 것이라는 편견을 벗는 데는 시간이 필요했다. 책 한 권을 읽고 또 읽었기에 소설의 장면 장면을 시각화하여 뇌에 새겨놓던 시절이었다.

몇 번이고 반복하며 에밀리 브론테의 소설을 읽던 즈음 다시 샬럿 브런테의 소설을 다시 몇 백 원에 만났다. 학교가 파하고 동인천역에서 내린 후 나도 모르게 발길을 창영동으로 옮긴 어느 토요일 오후였다. 제인의 어린 시절, 제인이 만나는 슬프고 불행했던 사건과 시간들에 대해 공감하며 나를 치유했다. 템플 선생님의 대화를 읽고 또 읽으며 나를 위로했다. 당당하게 성장하는 제인을 보며 아름다움의 의미를 생각하게 되고 자신의 내면에 귀 기울이는 스스로를 상상하는 계기를 가졌다. 어찌 보면 책을 읽으며 내가 바라는 미래의 모습을 상상하며 밑줄을 그은 시간이었던 것 같다.

　욕심껏 골라온 고전이지만 읽기를 포기해야 하는 경우도 많았다. 단테의 〈신곡〉 괴테의 〈젊은 베르테르의 슬픔〉 로렌스의 〈차타레부인의 사랑〉 등은 호기롭게 골라 장바구니에 담았지만 끝까지 읽을 수 없었다. 어려울 때도 있고 지루할 때도 있었다. 때론 정서적 공감이 안 되어 계속 읽을 수 없던 책들이다. 포기해야 하는 책이 있기에 때론 되팔려고, 때론 다시 사려고 자주 들려야 했던 공간이 바로 창영동이었다.

국어 수업 중에 만난 작가여서 도전한 책도 있다. 첫 번째 도전이 톨스토이의 〈안나카레리나〉였다. 눈이 많이 와서 길이 미끄러웠지만 무작정 헌책방 거리로 발길을 옮겼다. 한 나절을 찾고 또 찾아 손에 넣었다. 비극적 사랑으로 달려가는 안나를 비난하며 책을 읽었다. 기존의 고전이 보여준 것과는 다른 방식의 사랑 그리고 감정에 솔직한 안나의 돌발적 행동을 위태롭게 쳐다보며 그 대작을 단숨에 읽었다.

새 책 한 권을 사기 힘들었던 그때 나는 책에 허기졌고 책 속에서 마음을 충전했다. 부족함이 없는 지금, 주문만 하면 며칠 내로 책이 배달되는 때 나는 오히려 아슬하게 책을 쌓기만 하고 마음은 더 헛헛해졌다. 어느 순간 내 마음은 창영동 헌책방 거리를 잃어버렸다.

아이들은 살다가 갑자기 위안이 필요하면 어떤 공간에서 혼자 위안을 얻을까. 내가 잃어버린 헌책방 거리를 우리 아이들은 어디선가 찾아냈을까.

인재를 키우는 기쁨

교사가 누리는 가장 큰 특권과 기쁨은
아이들을 가르치는 일이다.

2000년 12월, 진눈깨비가 흩날리는 토요일 오후였다. 퇴근을 위해 가방을 챙기는데 용이가 질문거리를 들고 왔다. 용이는 과학동아리 지도 시간에 만난 학생이다. 1학년이지만 어떤 일에도 적극적 태도를 가지고 있어 지금도 이름을 기억하고 있다.

"선생님, 요즘 환경오염 문제가 심각하잖아요. 씨앗이 땅에서 싹 틀 텐데, 땅이 오염되면 씨앗 발아에 영향을 받을까요?"

영향을 주겠지만 어느 정도까지 영향을 주는지는 내가 아는 지식 안에서 정량적으로 표현할 수 없었다. 난 용이에게 솔직하게 말했다.

"선생님도 그 영향에 대해 구체적으로 모르겠는데."

"선생님, 실험해 볼 수 있을까요?"

잠시 망설였지만 나도 궁금했다.

"학교 실험실 여건으로 할 수 있을까. 검토해 봐야 하니까 한번 실험계획서를 작성해 봐라."

월요일 아침 출근하니 용이가 만든 실험계획서가 책상에 놓여 있었다. 그렇게 용이와의 관계가 시작되었다.

학교에서 수업 외에 과학을 지도하는 것은 도제교육의 과정이다. 해마다 한두 팀의 학생들에게 과학 연구를 지도하고 논문 쓰기를 돕는 일을 반복해 왔다. 연구 분야를 자신의 분야와 일치시킬 수 있고 지도 후 얻은 결과가 본인의 연구 실적이 되기도 하는 대학교수들의 논문지도와 교사가 하는 지도는 질적으로 많이 다르다.

우선 교사는 자신이 원하는 분야를 선택하기 어렵고 학생이 희망하는 분야를 지도해야 하는 어려움이 있다. 또한 도움을 주어 얻은 실험결과로 보고서를 작성하는 과정에서 교사의 흔적을 지워야 하는 것도 대학의 논문지도와 다르다.

의무만 강조되고 권리를 누릴 수 없는 이 같은 사정과 지도 중에 갖게 되는 시간적 제약에 대한 어려움으로 학생지도에 참여하지 않는 교사가 점차 많아지고 있다. 내 경우에도 경력교사들이 회피하는 바람에 젊은 축에 속하는 내가 학생 연구 지도를 떠맡게 되면서 시작되었다.

시간을 너무 많이 뺏기는 어려움에 해마다 지도를 할지 말지에 대한 고민을 하던 때도 있었다. 그러나 아이들의 열정이 이런 나의 이해타산적인 마음을 말끔히 지워 이제는 기꺼이 맡는 편이다.

학생 연구 지도는 묘한 감동과 성취감이 있다. 뜻하지 않게 만나는 어려움을 해결하는 과정과 그 속에서 성장하고 발전하는 학생의 모습은 일반 수업에서는 쉽게 만날 수 없는 희열이었다.

많은 과학 이론이 있지만 학생들이 정작 궁금해하는 것들은 여타의 논문이나 실험 결과로는 찾을 수 없는, 객관적인 자료를 얻기 어려운 아주 사소한 문제들인 경우가 많다. 바로 그런 점이 교사인 내게도 호기심을 자극했다. 학생을 통해 점점 굳어가는 머리가 유연해지는 그 참신한 느낌도 좋았다.

용이가 올려놓은 실험계획서는 딸랑 한 장이었다.

'씨앗 발아에 중금속이 영향을 줄 것이다'는 가설을 전제로 실험 방법을 구상한 거친 밑그림 정도였다. 철가루를 물에 넣고 그 물을 걸러 씨앗에 주어 식물 발아를 진행하는 계획서는 너무 조악했다.

나는 모든 과정에서 용이 스스로 무언가를 찾기를 바라는 마음으로 질문을 던지기 시작했다.

"철가루가 물에 녹을까? 오랜 시간 그냥 놔두면 철가루도 물에 녹겠지만, 실험을 10년 후에 할 수는 없을 것 같은데."

용이는 고개를 갸웃거리더니 다시 찾아보겠다고 하고 갔다.

다음날 오전 용이는 원하는 답을 들고 왔다.

"다른 논문에서는 철이 든 화합물을 사용하던데요."

"아, 그렇구나. 그럼 철이 든 화합물을 시약장에서 찾아야겠네."

나는 다시 질문을 했다.

“철만 가지고 실험해서 중금속에 적용된다고 일반화시킬 수 있을까?”

용이는 아차 싶은 듯했다. 다음 날 다시 왔다.

“망간이나 수은과 같은 것도 중금속이니 중금속을 몇 개 추가하면 좋겠어요.”

이런 방식으로 진행하다 보니 제대로 된 계획서를 작성하는 데만 많은 시간이 걸렸다. 문답은 계속되고 계획서의 양은 그만큼 늘어갔다. 해야 할 실험도 처음 한 가지에서 10가지 정도로 늘었다. 발아할 씨의 종류를 늘리고 중금속 종류와 양에 차이를 주어 실험을 계획하는 계획서가 조금씩 완성되었다. 이 모든 게 용이의 작품이었다.

계획서를 완성했다고 실험을 할 수 있는 것은 아니었다. 식물 발아를 안정적으로 실험할 수 있는 실험도구가 문제였다. 과학실에 있는 실험도구를 쓰거나 싼값에 살 수 있는 것을 찾아봐야 했다. 이때 인생을 조금 더 산 내가 아이디어를 처음 직접 제공했다. 발아를 위한 콩나물 재배기. 나는 용이에게 실험자에게는 항상 돈이 부족하다는 것을 상기시켰다.

그렇게 해서 실험이 진행되는 동안은 교사인 내가 안달이 났다. 중금속 이온을 처리한 것과 처리하지 않은 것의 차이가 너무나 궁금했다. 수업을 하고 담임 업무를 하느라 숨을 쉬기도 어렵게 바빴지만 실험 결과에 대한 궁금함이 머리 한쪽을 점령하고 있었다.

처음 실험은 예상대로 실패했다. 실패한 원인은 한 개의 재배기 접촉 불량이었다. 오류와 변수들을 수정하고 진행한 실험은 용이의 가설을 입증하는 것이었다.

중금속 처리한 것에서 발아한 것이 부정적 영향을 받고 있다는 것을 눈으로 확인한 날 용이와 나는 눈이 반짝거렸다. 그리고 계속 궁금해졌다. 양을 늘리면 어느 정도 발아가 가능한지, 중금속을 혼합할 경우는 어떨지가 너무나 궁금했다.

용이와의 대화는 그 뒤로도 논문을 완성할 때까지 일 년간 계속되었다. 매일 만나 상의했고 토요일 오후에는 항상 무릎을 맞대고 다음 주 실험을 계획했다. 결과를 얻고 보고서를 작성하는 그 긴 시간, 나와 용이는 선생과 학생 관계가 아니라 실험실 동료였다.

용이의 실험 과정은 잔잔하지만 울림이 큰 감동의 시간이었다. 내 눈앞에서 한 명의 과학 인재가 성장하고 있었던 것이다.

용이는 1년 후 S대 물리학과에 입학했다.

교실의 작은 희망, 강강술래

꘍꘍꘍꘍꘍꘍꘍

아이들은 어떻게 성장하는 것일까.
교실의 희망은 어디에 있는 것일까.

수업종이 울렸다. 이번 시간은 7반이다. 말 많은 아이들이 구석구석 숨어 있어 항상 떠들썩한 것이 흠이지만 모두 솔직하고 천진난만한 학급이다.

문을 열자마자 몇 명의 학생이 의자에서 엉덩이를 들고 나를 쳐다 보며 "워~킹, 워~킹"하고 말한다. 한 학생이 크게 "선생님 워~킹 해요." 하고 웃으며 말한다. '워~킹'은 내 수업 속에만 있는 은어이다. 수업 중에 한 명이라도 잠이 오면 교실 내 전체 학생이 자동적으로 일어나 교실을 돌아야 한다고 약속한 행동 수칙이었는데, 어느 순간 하나의 수업이 되었다. 강강술래를 모방한 놀이에 가까운 소통 시간이다.

교실을 둘러보니 몇 명이나 엎드려 자고 있어 그대로 수업을 진행하기에는 무리가 있었다.

"전 시간이 뭐였지? 미적분, 문법?"

아이들은 그걸 어떻게 알았냐는 표정으로 나를 쳐다본다. 아이들의 상태로 앞 시간이 무엇인지 알 수 있을 만큼 내가 고수가 된 것은 아니다. 수능에서 중요도가 높을수록 사교육 의존도가 심해 교실은 그만큼 느슨해지는 것이 지금 학교교육의 문제다.

오늘 수업의 원활한 진행을 위해 할 수 없이 전체를 보고 외친다.

"워~킹!"

앉아 있는 아이들은 일어서며 잠자는 아이들을 깨운다. 수업 준비가 되었든, 안 되었든, 엎드려 잠을 자던 학생이든, 떠들던 학생이든 교실 둘레를 따라 걷기 시작한다. 아이들의 눈에 생기가 돌 때쯤 나는 들어가야 할 조건을 붙인다. 어수선한 교실 속에서 난데없는 강강술래가 시작되었다.

"지난 설에 사촌을 만난 사람 들어가라"

30명 중 서너 명이 얼굴에 미소를 띠며 들어간다. 들어가지 못한 아이들 간에 이루어지는 꾸밈없는 대화가 들린다.

"사촌이 누구지?"

"우리는 설에 친척들 안 만나는데."

"우리 엄마가 친척들 만나는 것 싫어하는데."

"우리는 설에 여행 가."

어수선한 와중에 아이들 간에 이루어진 꾸밈없는 대화는 아이들 개

개 가정의 설날 풍경을 그려보게 한다. 세태가 너무나 빠르게 달라지고 있다.

두 번째 조건을 붙여본다.

"5월에 태어난 사람 들어가라."

다시 두세 명이 들어간다.

"민수가 5월생이구나."

"어, 영호 너도 나랑 같은 달에 태어났어?"

같이 들어가는 학생들 사이에 동질감이 생긴다. 아이들은 서로 자신의 생월을 말하면서 대화를 이어간다. 서로 썸(s:um)을 타는 시간이다. 기껏해야 사는 동네와 집 평수로 서로의 위치를 확인할 뿐인 아이들. 가난한 동네의 아이들과는 친하게 지내려고 하지 않는 천박한 사고가 이미 교실에도 스며들어 있다.

곧장 세 번째 조건을 제시한다.

"장남 들어가라."

"대박인데."

몇 명이 얼굴에 미소를 띠고 들어간다. 장남이라고 받는 혜택에 감격하는 표정이다. 그러나 누군가의 입을 통해 슬픈 소리가 들린다.

"장남이 뭐지? 우리 아빠가 장남인데."

외아들이거나, 많아야 남매 또는 형제인 애들에게 장남은 이미 알고 있는 어휘가 아니다. 장남이나 차남이란 단어를 아이들이 알고 있어야 한다고 생각하는 것은 기성세대가 갖고 있는 편견일 수도 있다. 요즘 아이들은 유독 가족관계와 관련된 어휘에 약하다.

"아침 먹고 온 사람."
"아침에 엄마 아빠 얼굴 보고 인사하고 나온 사람."
"지하철 타고 온 사람."
잇따라 조건을 붙이면 두세 명이 남는다.
마지막은 언제나 같은 말로 끝낸다.
"효자 들어가라."
예상했던 일이지만 주저하지 않고 모두 들어간다. 효자이고 싶은 마음이 표현된 것 같아 교사로서 일단 안심이 된다. 아직 아이들은 어른들보다는 훨씬 순수하다.

아이들은 강강술래 '워킹'을 매우 즐긴다. 물론 학년이 시작되고 처음 규칙을 말하며 시작할 때는 귀찮은 표정이 역력하다. 그러나 시간이 갈수록 아이들은 즐긴다. 아이들은 동질감과 친밀감을 확인하며 즐거워한다.

내 수업 속의 강강술래는 타인을 이해하게 되는 마중물을 제공하는 시간이다. 깊은 샘에서 물을 퍼 올리려면 한 바가지 정도의 물이 필요하듯이 서로를 이해하기 위해서 자신의 것을 소개하는 훈련을 시켜주는 것이다. 교사가 "문지기, 문지기 문 열어라" 하고 선창하면 학생들은 서로 마음의 문을 열고 기꺼이 소통한다.

생각해 보면 30년 전의 아이들은 공부보다 이웃과 소통하는 법을 먼저 배웠다. 가족이든 이웃이든 서로 밀착된 삶을 살기에 정서적으로 안정되어 있었다. 시멘트벽으로 가로막힌 주거형태가 원인인지 부모의 바쁜 삶이 원인인지는 모르지만 갈수록 아이들은 소통의 기술을 터득하지 못하고 있다는 것을 알게 된다.

　우선 급우간의 친밀도가 떨어진다. 특별한 노력을 통해 애쓸 때만 친밀도가 증가하나 그다지 애쓰려고 하지 않는다. 받는 데만 익숙한 아이들은 주는 데는 인색하다. 친하고 싶은 아이에게 말을 거는 것조차 망설인다. 그래서 시작한 것이 수업 속의 강강술래였다. 다른 시간이 아닌 수업시간에 학생 간의 소통을 돕겠다는 마음에서 시작한 작은 시도.

강강술래를 삼 개월 진행하면 아이들의 친밀도가 꽤 높아진다. 9월 쯤 되면 이미 썸을 넘어서 서로의 개인사를 기억하기 시작한다.

"7월에 생일 있는 애 들어가라."

민수가 들어간다. 아이들이 소란하다.

"민수, 너 5월이잖아. 왜 들어가는 거야?"

민수가 머쓱하여 다시 나온다.

"여동생 있는 사람 들어가라."

철수가 모른 척 들어간다. 다시 교실이 소란하다.

"철수 너 남동생 있잖아. 선생님, 철수가 거짓말해요."

철수는 웃으며 다시 나온다. 이제 자신의 주변을 기꺼이 여는 훈련이 되었다. 나를 알고 있는 급우, 나를 기억하는 급우가 생긴 것이다. 내가 원하는 교실이다. 배울 준비가 된 교실이다. 교실의 희망은 여기서부터일지 모른다.

수업 속의 작은 수업

자신이 나고 자란 공간에 대한
이해와 사랑을 가진 어른이 되었으면 하는 소망이
작은 수업의 출발이었다.

중간고사가 끝난 뒤 첫 수업이면 목적을 가진 작은 수업을 기획한
다. 우선 의도를 숨기고 엄격한 얼굴로 포장을 한 채 수업에 들어간다.
들어가자마자 무표정한 얼굴로 말한다.

"책, 노트 없는 사람 일어나라."

아이들은 화들짝 놀란다. 갑자기 바빠진 아이들은 사물함으로 뛰
어가거나 가방을 뒤진다. "어휴" 소리가 여기저기서 들린다. 아이들이
자리로 돌아와 책과 노트를 펼칠 즈음 대여섯 명의 학생이 자리에서
일어난다. 아이들의 표정은 떨떠름하다.

'뭐 저런 융통성 없는 선생이 있어.'

일어난 학생들에게 책과 노트가 없는 이유를 묻는다. 대부분 시험

공부 하려고 집에 가져갔다고 답한다.

"뭘 생명과학 같은 공부는 시험 때 하는 게 아니라 평소 공부시간에 해야지. 앞으로는 집에 가서까지 공부하지 마라."

교사의 말이 진심인지 아닌지 헷갈릴 즈음 다시 엉뚱한 소리로 아이들을 놀라게 한다.

"책, 노트 모두 집어넣어라. 시험 끝났으니 시험 본다."

아이들에게 이면지를 나눠 주고 학번을 쓰게 한다. 당혹스러워하는 소란을 무시하고 칠판에 세 문장을 적는다.

첫째. 선생님은 유치원을 다닐 나이에 박치기를 하고 놀았다.
둘째. 송도고등학교의 송도는 인천 송도를 말한다.
셋째. 선생님 5살 때 인천의 교차로에는 신호등이 없었다.

칠판을 보며 어리둥절하는 아이들을 보며 말한다.

"선생님이 칠판에 써 놓은 3개 중에 두 개는 참말이고 하나는 거짓말이다. 이 중 거짓말을 찾으면 오늘 수업시간에 예정된 시험도 안 보고 교과 진도도 안 나갈 거다. 대신 답을 아는 학생은 손을 들고 답할 기회를 얻어 답을 한다. 기회는 물론 2번 밖에 못 준다."

아이들은 첫 시간부터 지금까지 한 번도 쉬지 않고 폭풍 진도를 나간 선생이 자유를 준다고 하니 반신반의한다. 중간고사가 끝난 오늘 같은 날까지 책 검사를 할 정도로 엄격한 선생이기에 믿으려 않는다.

한 아이가 주저하지 않고 자신 있게 손을 든다.

"선생님, 답이 첫 번째이지요?"

대부분의 아이들도 동의한다. 그래도 여선생님이 어려서 박치기를 하고 놀았다는 것은 아닐 것이라고 짐작한다.

"틀렸는데, 그건 참말인데. 선생님 어려서 남자애들하고 박치기하고 놀았는데. 선생님 이마 봐라. 하도 박치기를 해서 툭 튀어나왔잖냐."

무뚝뚝한 표정으로 말하는 교사를 보며 아이들은 믿을 수 없는 표정을 짓는다. 그러나 선생님이 말하기에 어쩔 수 없다는 생각을 하며 다시 답을 찾는다.

이제 기회가 한 번밖에 없다는 것을 실감한 아이들은 갑자기 마음이 조급해진다. 서로 의논을 하면서 섣부르게 답하지 않으려고 노력하는 모습이 보인다. 몇 분 동안 소란스럽게 의견을 모아가는 과정이 끝나면 반장이나 학급의 다른 리더가 손을 든다. 그리고 조심스럽게 답이라고 생각되는 번호를 말한다.

나는 정답과 오답을 말해준다. 나의 의도가 있는 작은 수업은 여기서부터 시작된다. 이런 수업을 진행한 후에 아이들은 자랑삼아 옆 반에 가서 문제를 말해준다. 문제가 유출될 것을 예상하고 반마다 문항을 달리하여 염탐한 아이들의 준비를 무색케 하여 웃음을 만들어 내는 것도 하나의 기법이다.

해마다 변함없이 첫 시험이 끝나면 하는 수업이다. 수업 속의 작은 수업의 목표는 인천의 과거 알리기다. 자란 고장에서 선생을 하며 인천에 대한 추억을 가진 토박이가 드물다는 것을 알게 되면서부터 의도를 가지고 만드는 작은 수업이다. 첫 수업 이후 먼 산을 보며 인천 이야기를 하면 아이들은 더 귀 기울여 듣는다.

먼 산을 바라보며 작은 수업을 시작한다.

"송도고등학교의 수업 시종이 들리던 답동이라는 골목길이 선생님의 놀이터였다."

송도유원지 근처의 옥련동에 위치하여 학교명이 송도고등학교인 줄 아는 아이들은 내 말을 믿지 않으려 한다.

"송도고등학교는 원래 개성에 있던 학교인데, 6·25 때 남하하여 인천 지역에 터를 잡은 거야. 우여곡절 끝에 답동에 개교를 한 거지."

고개를 끄덕이며 선생님의 말에 신뢰를 갖는다.

"당시 그 골목길에서 놀던 아이들은 누구나 박치기를 했어. 가장 인기 있던 스포츠 종목이 레슬링이었거든. 김일이라는 선수가 박치기로 유명해서 모든 아이들의 놀이에는 박치기가 있어."

유난히 튀어나온 이마를 가진 조카인 나를 보고 조금 나이 많은 삼촌들은 신기해하며 박치기를 시켰다. 마땅한 장난감이 없던 시절이기에 어린 조카인 나는 알맞은 장난감이었다.

인천에서 가장 번화했던 답동사거리에서 수신호로 교통을 통제하던 교통경찰이 있었다는 이야기를 하면 학생들은 내 나이를 계산하기 시작한다.

"선생님, 나이가 몇 살이에요?"

"선생님, 혹시 조선시대부터 살았어요?"

그들이 상상할 수 없는 과거를 이야기하는 선생님이 낯설기만 하다. 사람이 수신호로 교통을 통제하던 시대에 살던 사람이 그들 앞에 있다. 아이들이 상상하는 그 시절 도시의 모습은 너무나 생경하다. 꼭 한마디 덧붙인다.

"선생님이 젊어서 근무하던 학교에는 과학 기자재마다 'AID차관'이라는 딱지가 붙어 있었다."

아이들은 생소한 말에 질문한다.

"AID차관, 그게 무슨 말이죠?"

"응, 고등학교 실험 기자재를 살 돈이 없어서 외국의 돈을 빌려서 샀단 말이지. 아니 원조를 받아서 샀다는 뜻이야. 그렇게 산 실험 기자재에는 AID 딱지가 붙어 있었어."

선생님의 나이를 짐작하면서 한국의 발전을 실감하게 하고 싶은 것이 작은 수업의 첫 번째 의도이다. 겨우 백열등 하나 켜놓은 방에서 살면서도 전기료를 아끼고자 일찍 자야 했던 그런 시절이 그리 먼 과거가 아님을 어렴풋이나마 알게 하고 싶었다. 남과 비교하는 것이 습관이 되어 상대적 박탈감 속에 사는 아이들에게 가난했던 시절의 추억을 풀어 놓으면서 그들이 그다지 불행하지 않음을 깨닫게 해 주는 것도 늙은 선생의 의무라 생각한다.

자기 자신을 사랑할 수 있는 사람이 될 수 있는 시작을 열고 싶은 것이 두 번째 의도이다. 어린 시절을 보낸 곳에서 학생들을 가르칠 수 있는 행운을 가진 선생으로서 아이들이 뿌리내린 장소를 사랑하기를 바란다. 태어난 땅과 내 부모의 자식으로 태어난 것에 감사하며 행복했던 순간들을 기억할 수 있어야 사는 과정에서 소중한 친구도 만나고 사랑하는 사람도 만날 수 있음을 알기 때문이다. 자신을 사랑할 수 있는 기원은 뿌리내린 땅을 사랑하는 것이라고 믿기에 수업 속의 작은 수업을 기획하며 희망을 가져 본다.

꿈엔들 차마 잊힐리야

-✻✻✻✻✻✻✻✻-

전설 같은 가난과 남루한 본가의 고향은 넉넉한 아버지 그 자체였다.
부곡리, 기억 속 고향은 삼촌의 노래 속에 남아 있다.

일송정 푸른 솔은~

지금은 어느 곳에~ 거친 꿈이 있었나~

'선구자'가 온 마을을 뒤흔든다. 삼촌이 또 뒷산에 올랐다. 성악가
뺨치는 울림통을 가지고 있는 막내 삼촌은 뒷산에 올라가 노래를 부
르는 것을 취미로 여겼다. 신작로 건넛마을까지 퍼지는 바리톤의 목
소리는 그런대로 듣기 좋았다.

"막내아들 놈이 또 병이 도졌나 보네." 하고 동네 사람들이 한소리
씩 하긴 했지만 듣기 싫어서 하는 소리는 아니었다. '선구자'나 '가고
파'와 같은 가곡이 온 동네로 퍼지기도 했지만 가끔은 '산타루치아'와

'나는 너를 사랑해, 이히 리베 디히'도 삼촌과 함께 뒷산을 올랐다. 삼촌이 노래를 부를 때면 동네에 낭만이 넘쳤다.

어느 날 갑자기 처가 죽어 중년상처(中年喪妻)의 비극을 만난 아버지는 도시살이 10년 만에 큰딸은 외가에 남겨두고 두 딸만을 데리고 고향으로 되돌아갔다. 아버지가 다시 돌아간 부곡리는 벽촌이었다. 심훈의 〈상록수〉의 무대이자 심훈의 옛집인 필경사가 있는 그 마을이다. 소설 〈상록수〉가 발표된 1930년대 농촌보다 더 나을 게 없는 오지였다. 포장조차 깔리지 않은 신작로로 들어오는 버스는 하루 2회였다. 십 리쯤 걸어가면 뱃길이 있긴 하나 불규칙적이어서 버스가 유일한 교통수단이었다.

전기도 안 들어오는 대한민국의 벽항궁촌이었지만 부족함은 없었다. 먹을 것이 지천이었다. 앵두, 살구, 포도, 호두, 대추, 감, 사과, 배나무 등 철마다 익어가는 과일은 온 식구가 먹고도 남아돌았다.

내다 팔 길이 여의치 않으니, 키우는 것으로 돈을 살 일은 없었다. 언제나 열매는 밭에서 동시에 익었다. 한꺼번에 익은 수박과 참외 같은 밭작물은 내다 팔 수도 가족이 다 먹을 수도 없었다. 수박이든 참외든 잘 익은 것만 먹고 나머지는 돼지우리에 넣어 줄 뿐이었다.

식구들이 먹는 것 말고 돈을 벌기 위한 어떤 것도 할 수 없는 마을이었다. 돈을 벌어도 딱히 쓸 곳도 없기에 가난한 것에 애달파하지도 않았다. 그런 벽촌에서 방학이면 유유자적하고 느긋한 시간을 보내곤 했다.

　물물교환과 자급자족의 경제가 작동하는 마을이었다. 할아버지의 두루마기를 비롯해 바지저고리조차 할머니가 손수 만들었다. 어쩌다 할아버지가 외출하실 때면 서리태 몇 되를 할머니가 자루에 담아주셨다. 그런 날이면 영락없이 할아버지 손에 고등어나 풀빵 같은 간식거리가 있었다. 장에서 온 먹을거리는 언제나 절반을 뚝 떼어 큰고모 집으로 보냈다.

　고모 집까지는 20분 정도 걸어가야 했다. 신작로와 소나무 숲을 지나 마을길로 접어들어 가면 그 끝에 있었다. 5분이면 넘는 소나무 숲은 귀신을 만날 것 같은 상상으로 족히 한 시간은 걷는 느낌이 들곤 했다. 밤에 큰고모 댁으로 가는 심부름이 고향에서 겪은 가장 큰 도전일 만큼 시골에서의 일상은 단조롭고 평화로웠다.

전기가 안 들어오니 마을의 모든 집에서는 해가 지기 전에 밥을 먹어야 했다. 등잔불과 호롱불에 쓸 기름조차 귀한 곳이었으니 아이들과 산으로 들로 실컷 뛰어놀다가도 약속한 것처럼 해 질 녘이면 집으로 향했다. 집으로 가는 길에 보이는 집의 굴뚝에서는 밥 짓는 연기가 올랐다. 오랜 세월이 지난 지금까지도 어스름한 저녁에 굴뚝에서 피어오르는 연기를 보면 걸음을 멈추고 감상에 젖곤 하는 습관은 그 시절에 대한 향수 때문일 것이다.

초저녁부터 잠을 자기에 새벽 4시면 가족이 모두 깨어 안방으로 모였다. 새벽이면 언제나 할아버지의 이야기와 특별할 것 없는 간식이 준비되어 있었다. 할아버지는 지치지 않고 매일 옛날이야기를 해 주셨다. 젊은 시절 무덤가에서 만난 귀신 이야기는 매일 들어도 재밌었다. 덕분에 소나무 숲을 지날 때마다 할아버지가 만난 그 꼬리 아홉 달린 여우를 만날까 봐 조마조마했다. 때론 청년 시절 유람하시며 다니신 제주도와 전국 방방곡곡 이야기도 당시 우리에겐 신기한 이야기였다. 청년 시절 같이 지낸 심훈 선생님과의 추억도 단골 메뉴였다.

"괜찮아유, 뭐 별일 있간디유."

"촌것이 뭘 알간디유. 알아서 하셔유."

마을 사람들이 가장 많이 쓰던 말들이었다. 상황의 경중과 상관없이 헛기침처럼 두루 쓰는 이 말은 그네의 표정이 무심해서 아직도 시각적인 이미지로 남아 있다. 어떤 일이든 괜찮다는 그 말이 내 입에도 붙어 "괜찮아유, 뭐 별일 있간디유."라고 되받는 나를 발견할 때쯤 되면 개학할 때가 되어 다시 인천으로 올라왔다.

아버지가 파산하고 투병 끝에 돌아가신 후 불과 몇 년이 지나지 않아 그 벽촌 옆에 서해대교가 생겨 조상부터 이어온 가족의 땅은 낯선 곳으로 바뀌었다. 이제 그 시절은 전설 속 추억이 되어 버렸다. 그러나 뭐든 '괜찮다'고 말하던 그때의 언어가 낙천적이고 긍정적인 삶을 살 수 있는 동력을 제공했다는 것을 더 어렵게 살아온 동생들을 보며 문득 느끼곤 한다.

책가방도 없이 보자기로 책을 둘둘 말아 허리에 매고 너나없이 검은 고무신을 신고 다녔던 그 시절에 우리는 넉넉했다.

아이들이 희망이다

세상이 변하고 아이들은 더 무섭게 변했다지만,
그래도 아이들은 어른들보다 건강하다.

"저는 한조 좋아합니다."

일어선 아이가 자기소개를 끝내자 옆에 앉은 학생을 가리켰다. 옆에 앉아 있던 학생이 일어나서 말했다.

"저는 2학년 1반이고요. 이름은 ○○○입니다. 저도 한조 좋아합니다."

발표를 끝낸 학생은 다른 학생의 이름을 부른 후 그 아이를 가리켰다. 다음 학생이 일어나 간단히 통성명을 한 후 뜻 모를 말을 했다.

"저는 겐조 좋아합니다."

귀를 쫑긋하고 들어도 아이들이 말하는 단어가 귀에 들어오지 않았다. 이제 세대 차이로 인해 아이들과 소통하는 데 한계를 가지게 되었다는 것을 실감하는 순간이었다.

　30명을 데리고 1박 2일 체험학습을 간 날 밤이었다. 학교에서 수업을 끝내고 가니 이미 날이 저물고 있었다. 주관 단체의 일정에 맞춰 쉬지 않고 체험활동을 했다. 곤충 표본 만들기도 하고 과학관도 견학했다. 그리고 별을 관찰하기 위해 망원경 관찰 수업을 끝내고 숙소로 돌아왔다. 빡빡한 일정을 소화하고 숙소로 왔지만 같은 학교에 다니는 학생들끼리 서로 소개하는 시간을 가져야 할 것 같아 방에 짐을 풀자마자 회관으로 아이들을 모았다.

　이튿날도 이른 시간부터 일정이 예정되어 있으므로 모임은 한 시간 이내로 끝내야 할 것 같았다. 아이들을 모이라고 말하면서 마음속으로 두 가지 걱정이 있었다.

　우선 한 시간이지만 학생들에게 의미 있는 시간이 될 수 있게 만들 수 있을지가 내내 걱정이었다. 교사의 직업병. 항상 시간을 주면 목표를 만들고 실행하는 삶을 살면서 갖게 된 습관일 것이다. 또 하나는 재미가 없어서 모임의 집중도가 흐려지면 어쩌나 하는 걱정이었다. 같은 학교를 다니기는 하지만 안면이 없고 관심사가 일치하지 않는 아이들이었다.

　걱정거리를 안고 학생들이 모인 장소로 갔다. 학생 대표에게 사회를 보게 했다. 우선 본인이 자기소개를 하고 다음 소개할 학생을 지적하는 방식으로 순서를 정하기로 했다.

　학생 대표가 먼저 시작했다. 자기 통성명을 한 후 입에서 뜻도 모르는 단어가 튀어나온 것이다. 소개하는 학생마다 비슷한 단어를 말하는데 서로 진지하게 듣고 때로는 앉아 있던 다른 학생이 질문했다. 나는 인솔자로서 소통에 한계를 느끼며 긴장하며 들었다. '한조'와 '겐조'가 당시 아이들이 몰입하는 게임의 주인공이라는 것은 20명쯤 소개가 이루어진 뒤에야 어렴풋이 짐작할 수 있었다.

아이들 이야기를 들으며 20여 년 전 사이버 공간에 열광해 현실의 삶이 망가졌던 K가 생각났다. 그의 부적응과 어쩔 줄 모르던 엄마의 목소리가 떠올랐다.

당시는 학교 수업에 대한 의존도가 지금보다 높았다. 영어나 수학 정도만 사교육을 받을 때였으므로 아이들은 내 수업에 최선을 다했다. 특목고 진학이 일반적이지도 않았던 시대였던 것도 한몫 했을 것이다. 준비한 만큼의 수업 내용을 스폰지처럼 흡수하는 아이들이기에 항상 최선을 다하여 수업을 준비했다. 수업의 맥락을 이해하는 아이들인지라 질문조차 수준이 높았다. 학교는 학문탐구의 공간이란 사실을 조금도 의심하지 않던 시기였다.

학구적인 수업 분위기 속에서 유독 신경이 쓰이는 아이가 한 명 있었다. 수업을 제대로 할 수 없을 만큼 잠에 취해 있던 학생이었다. 옆자리 학생이 흔들어 깨워도 일어나지를 못했다. 일단 부모와 상의해 봐야겠다는 생각에 집으로 전화를 했다. 통화를 여러 번 시도했지만 불발되었다. 계속된 시도 끝에 어느 날 오후 드디어 엄마와 통화에 성공했다.

"K학생 어머니시죠? K의 담임입니다."

"예, 선생님. 찾아뵙지 못해 죄송합니다."

저쪽에서 어쩔 줄 몰라하는 어머니의 목소리가 들렸다. 전화상으로 특별한 문제가 있어서 전화한 것이 아니라는 표현을 계속했다. 아이의 심성을 아직 파악하지 못한 시기이지만 과장했다.

"어머니, K학생은 착하고 예의 바릅니다."

어머니가 안심하고 전화를 받을 즈음에 전화한 용건을 내놓았다.

"어머니, K학생이 밤에 잠을 못 자나요? 가끔 학교에서 조는 일이 있어서요."

엄마는 내 말을 듣자마자 울먹거렸다. 상황을 짐작하는 것 같았다.

"사실 선생님, 제가 밤에 장사를 해요. 치킨집을 운영하거든요. 먹고 살기 바빠서 밤에 아이가 뭘 하는지는 몰라요. 새벽 3시쯤에 들어가 아이가 안전하게 자면 그걸로 감사하다고 생각하고 살아왔어요. 초등학교 때부터 지금까지 그랬어요. 아이 어렸을 때 아빠랑 이혼하여 제가 혼자 키우고 있거든요."

엄마의 설명에 K의 상황에 대한 이해가 끝났다. K의 잘못된 습관을 수정할 수 있는 형편이 못 된다는 것을 알게 되어 난감했다. 내 수준에서 K를 도와야 했다. 학급에서 K와 친한 아이를 찾기도 어려워 면담도 어려웠다. 수소문하여 다른 반에서 K와 친한 친구를 만났다.

"밤에 K가 뭐 하는 줄 아니?"

"컴퓨터 게임할 걸요. 요즘 나오는 컴퓨터 게임 고수라는데요. 게임 머니가 많다고 들었어요."

그 이후 나는 계속 K를 불러 대화를 나누려고 노력했으나 실패했다. 겨우 벽돌 깨기나 겔러그 같은 게임이나 아는 내가 인터넷 게임에 몰입중인 K와 대화를 이어가기는 어려웠다. K는 끝내 게임 중독에서 빠져나오지 못했다. 사이버 공간에 열광하며 밤이면 살아나고 낮의 삶은 망가지는 시간을 보내다가 고등학교를 졸업했다. 몇 년 후 길에서 우연히 엄마를 만났다. 끝내 아이는 엄마에게도 짐이 되어 젊은 날의 시간을 탕진한다는 소식만 전해 들었다.

K를 가르친 후 20여 년의 시간이 흘렀다. K를 가르친 이후 인터넷 게임에 대한 부정적 선입견은 지워지지 않았다. 인터넷 게임이 좀처럼 즐길 수 있는 도구로 보이지 않았다. 중독이나 탐닉이란 단어만 떠올랐다. 그러나 그 날은 부정적 편견이 날아간 날이었다. 아이들은 게임을 소통의 도구로 적극적으로 이용하며 화제를 이어나가며 마음을 열었다.

상생과 공존의 수업

─※※※※※※※─

서로의 도움으로 완전학습이 이행되는 것을 종종 목격한다.
수업 속에서도 공존을 가르칠 수 있다.

나른한 오후 수업이다. 유전병을 가진 3대가 있는 가족의 가계도를
하나 그려 주고 가족들의 유전자형을 알아내야 하는 과제를 던졌다.

학생마다 학습 내용에 대한 이해도 다르고 주어진 문제를 해결할
능력이 달라 강의식 수업을 버린 지 오래다. 교실 내 학생들의 수준 차
가 커지면서 완전학습은 불가능하다. 궁여지책으로 학급 내 인재를
활용해 보는 수업을 기획해 본심은 숨기고 수업을 시작했다.

과제를 다 푼 학생이 과제 노트를 가지고 오면 노트를 보면서 교
사가 이해된 정도를 확인할 수 있는 질문을 한다. 학생이 답하는 것을
보면서 적절한 답변을 못 하면 다시 되돌려 보내는 방식으로 수업을
진행했다. 철저한 개별화 수업.

적극적인 학생은 알 것 같은 학생에게 가서 알아서 질문을 하고 있다. 정확히 알고 있다는 것이 확인되면 학생의 눈을 쳐다보며 칭찬을 해 준다.

"훌륭한데!"

큰 감동 없이 습관처럼 내뱉는 칭찬이지만 그 말을 들은 학생들은 뛸 듯이 기뻐한다. 아이들의 표정을 보면 그 말을 멈출 수가 없다. 자기 자리로 돌아가는 아이들이 활짝 웃으면서 주변 친구들에게 손가락으로 V자를 그리며 으스대는 모습을 보면 그 천진함에 웃음이 나온다.

학생에 따라 주어진 과제를 해결하는 속도가 달라 어수선해 보이지만 자세히 들여다보면 교실 안은 차분하다. 교실 인원의 60% 이상의 학생이 확인을 받고 자리로 들어간 것이라고 생각 될 즈음 나는 전체를 둘러보며 묻는다.

"아직 검사를 못 받은 사람 손들어 보자."

몇 명이 자신 없는 표정으로 쭈뼛거리며 손을 든다. 속도 차가 있었으니 첫 번째 칭찬을 받고 들어간 학생 이후 10분쯤 지났다.

엄한 표정으로 크게 말한다.

"손든 사람 주변에 앉은 사람들 모두 무릎 꿇어라."

처음 이 말을 학생들에게 던지고 나면 아이들은 어리둥절해 한다. 다시 말해도 곧이곧대로 듣지 않고 어이가 없다는 표정으로 입을 벌린다. 선생님의 말이 농담인지 진심인지 몰라 서로 눈짓을 하며 어쩔 줄 몰라 한다. 다시 무표정하게 같은 말을 반복하면 그제야 진심이라는 생각이 들었는지 몇 명이 의자에 무릎을 꿇는 척한다. 손을 들었던

'몰라서 부끄러운 아이들' 또한 어리둥절하기는 마찬가지다.

"검사받고 들어가서 짝이 못하고 있으면 도와주고 싶은 마음도 없더냐? 무릎 꿇어도 싸다. 손든 사람 주변 모두 무릎 꿇어!"

그제야 아이들은 교사가 벌을 세우는 이유를 안다. 길어야 1분 정도의 벌이다. 친구를 경쟁관계로 인식하고 배려하지 못한 것에 대해 급히 반성해 보는 1분이다. 그나마 내가 한 말에 잠깐이나마 다시 곱씹어보고 반성할 수 있는 인격을 가진 아이면 다행이다. 때론 벌레 씹어 먹은 표정으로 불편한 심기를 드러내곤 하는 학생을 보기도 한다. 그런 학생의 표정을 보면 더 열심히 이 방법을 응용해야겠다고 생각한다.

학년이 시작되어 개별화 된 문제해결 학습을 3회쯤 진행하면 교실은 활기를 띤다. 문제 해결 능력이 높은 학생들이 검사를 받고 들어가면 자리에 앉아 기다리고만 있지 않고 주변을 살피기 때문이다. 기초

개념이나 이해 정도가 낮아 문제를 해결하지 못하는 학생을 돕는다. 자기 능력으로 안 될 때 다른 친구를 끌어들여서까지 공부를 돕는 것을 보면 수업을 기획한 교사로서 보람을 느낀다.

가르치고 배우지만 서로 손해 볼 일이 없다. 기본 개념을 몰라 쩔쩔 매던 학급 내 지진아는 친구 튜터 덕에 새로운 것을 알게 되고 숙제를 해결 할 수 있었다. 능력이 출중해 일찍 풀고 들어간 학생도 손해 볼 것이 없다. '훌륭하다'는 말 한마디에 자존감도 높아지고 설명하면서 알고 있는 지식의 체계가 더욱 명확해지기 때문이다.

나는 그렇게 지식을 주고받는 것을 보며 가끔은 오늘 알게 된 지식을 바탕으로 결정적 아이디어로 활용하는 것이 둘 중 누구일까를 상상할 때도 있다. 물론 그런 거창한 미래를 생각하지 않더라도 같이 해결하면 수업이 즐겁다.

시간이 남으면 교사도 튜터가 된다. 마지막까지 이해를 못 하는 학생을 대상으로 교사가 직접 개인지도를 한다. 그렇게 학급에 앉아 있는 모든 학생들이 한 문제를 풀어냈다. 서로의 도움으로 완전학습이 이행된 것이다.

"손든 사람 주변에 앉은 사람들 모두 무릎 꿇어라."

몇 번만 반복하면 그 말을 하지 않아도 일찍 풀고 주변을 살피는 아이들을 보며 희망을 갖게 된다. 어쩌면 아이들이니까 이런 순진한 방식이 먹힌다. 감사한 일이다.

학생 개개인의 기질적 그리고 환경적 차이로 인해 인성 전체를 좌지우지할 수 없다는 한계를 가졌음에도 불구하고 수업을 계획하는 의도에 따라 인성의 영역조차 건드릴 수 있다는 것은 교사의 힘이다. 교사라는 직업은 무한한 가능성을 가졌다는 것을 새삼 깨닫곤 한다.

작은 거인

-*※※※※※※※

"놀면 뭐 하노. 죽으면 썩을 몸.
몸뚱이 움직여서 남 도와줄 수 있으면 그게 천당이지 뭐가 천당이겠노."
할머니는 오랜 노동의 지워지지 않는 잔상을 남기고 눈을 감았다.

벌써 여러 해가 지났다. 꽤 무더웠던 8월의 어느 날이었다. 노환으로
며칠을 입원하셨던 할머니를 다시 집으로 모신다는 연락을 삼촌으로
부터 받았다.

비어 있었던 집을 치우려고 서둘러서 할머니 집으로 갔다. 사람의
체취가 겨우 며칠 없었다고 눅눅해지고 더러워진 방을 닦고 또 닦은
후 할머니가 누울 이불을 펴려고 이불장을 열었다. 평소에 할머니가
아끼시던 목화솜 이불들이 모두 없어지고 딱 한 채만 남아 있었다. 난
머릿속을 스치는 불안한 예감에 옷장을 열어보았다. 옷장 안에 옷이
하나도 남아 있지 않았다.

모든 것이 짐작되었다. 눈물이 앞을 가렸다. 40킬로도 안 되는 무게로 평생 가족의 든든한 울타리이자 기둥으로 사신 분이다. 자신에게 남은 시간을 짐작하고 준비하시고 계셨다는 생각이 드니 그 강인함에 절로 고개가 숙여졌다. 마음이 단단한 분이시기에 평소 어떤 결정을 내리든 번복하는 일이 없었다. 온몸이 뜸 자국으로 문드러져 있었던 국밥집 할머니가 고된 삶을 마감할 시간을 알고 스스로 준비했을 것을 생각하니 슬픔이 밀려왔다.

"문디, 우선 앉아 묵어라."

카랑카랑한 할머니 목소리가 생각났다. 집에 들어와 허기를 채우던 그 많던 비렁뱅이들의 얼굴이 떠올랐다. 따뜻한 국밥을 받아들고 고맙다고 주억거리며 어쩔 줄 몰라 하는 그들에게 퉁명스러운 경상도 사투리로 "문디, 앉아 묵어라." 그 한마디만 내뱉곤 하던 그 모습이 떠올라 다시 울컥했다. 시절이 어려워 사진 하나 제대로 남겨 놓지 못한 것이 원망스럽지만 점점 또렷해지는 기억 속에는 사람을 귀하게 대하라는 할머니의 소리 없는 가르침이 오롯이 살아 있었다.

큰사위였던 아버지와 두런두런 상의하며 가게를 수리하던 것을 내가 기억하는 것으로 보아 국밥집을 시작할 때 이미 할머니는 50대였다. 음식을 조리할 공간을 빼면 겨우 10인용 식탁 2개가 들어가는 협소한 가게터였다. 목재회사에 다니시던 할아버지 월급으로는 자식들 교육을 시킬 수 없다는 판단에 결단을 내리신 것 같다.

인구 70만도 안 되던 때지만 신포시장의 호황에는 이유가 있었다.

아낙들이 장을 보는 시간이면 어깨를 부딪쳐야 걸을 정도로 사람이 많았다. 보통 가정의 아낙들도 식모를 데리고 저녁 장을 보러 왔다. 입에 풀칠하기 어려운 농촌의 가정에서 도시의 가정으로 입양되다시피 온 식모들이 당시 도시 가정에는 흔했다. 아직 냉장고 보급이 일반화되지 않은 70년대이니 날마다 장을 보아 저녁준비를 하던 때였다.

가게 처마 밑에 나란히 있던 십여 개의 독은 할머니의 장사 밑천이었다. 채전에서 버려지는 배추와 열무 우거지를 시간이 날 때마다 가서 주워 오셨다. 할머니는 깨끗이 씻어 항아리마다 소금에 절여 놓고 돼지 뼈와 돼지고기를 넣고 끓여 진한 국물을 내었다. 거기에 우거지와 된장을 넣어 끓인 후 밥을 첨가하면 우거지 국밥이 되었다.

재료비가 크게 들 게 없었고 노동력만이 장사 밑천이었다. 할아버지도 다니던 회사를 그만두시고 일을 도울 만큼 장사는 잘되었다. 솜씨가 좋으니 항상 손님이 넘쳤다. 반찬가게를 했던 할머니의 손맛도 한몫했지만 고기를 아끼지 않고 주니 소문이 났다.

　돈을 낼 수 없는 손님도 넘쳐났다. 도로청소부 황씨 아저씨도 매일 와서 도시락을 먹었다. 손님이 없는 2~3시쯤에 식탁에 앉아 도시락을 꺼내면 할머니는 고기가 가득 들은 국 한 그릇을 들고 부엌에서 나오셨다. 황씨 아저씨는 든든하게 먹고 다시 청소 일을 하러 나가셨다. 거의 매일 반복된 풍경이었다. 키가 크고 서글서글한 큰 눈에 이빨이 유난히 커서 웃는 것이 인상적이었던 황씨 아저씨가 와서 국밥 한 그릇 얻어먹고 가는 것은 나도 좋아했다.

　하지만 나는 다른 비렁뱅이들의 출입에는 진저리를 쳤다. 아침 8시도 되기 전에 사진사 이씨는 미닫이문을 열었다. 헝클어진 머리에 검불이 붙은 더러운 옷을 입고 눈치를 보며 문을 열고 들어왔다. 가끔 그 시간에 진수라는 구두닦이도 문을 열고 들어왔다. 겨울이면 그 둘은 천연덕스럽게 난로 주변에 앉아 몸을 녹이곤 했다.

　그럴 때면 할머니는 그들에게 "배고프냐, 밥 묵을래?" 묻고는 국밥을 듬뿍 말아주곤 했다. 둘 다 노숙하던 이들이었다. 이씨와 진수는 시장통의 아파트 변소 앞에서 노숙했다. 말이 아파트이지 가운데 복도를 두고 방 한 칸과 부엌 한 칸으로 수십 집이 연이어 있던 도시 빈민층이 살던 건물이었다. 아래층에는 이들이 공용으로 쓸 수 있는 공중변소가 있었다. 진수는 구두닦이를 하기도 하여 돈을 손에 만지니 매일 오지는 않았다. 그러나 벌이가 없거나 추우면 여지없이 아침부터 찾아왔다. 정신이 온전치 않은 사진사 이씨는 언제나 할머니의 국밥집 주변을 배회했다. 구걸해서 먹고 살기도 했지만 정신이 온전치 않은 이씨는 그것도 쉽지 않을 때였다.

시장 입구에는 간질을 앓으며 젖먹이 어린애들을 데리고 구걸을 하던 아줌마가 있었다. 버스정류장 앞에 어린아이들을 데리고 구걸을 하는 아줌마의 모습은 어린 내가 보기에도 애처로웠지만 가까이하고 싶지는 않았다. 나는 천성적으로 냉정했던 것 같다. 누가 오든 할머니는 국밥 한 그릇을 기꺼이 말아주었다. 매일 매일 끓고 있는 우거지국은 화수분 같았다. 큰 솥에는 돼지고기와 뼈를 삶고 있었으니 국물은 매일 매일 만들어졌다. 그 국물을 작은 솥에 덜어 우거지와 된장만 넣으면 우거지국이 만들어졌다.

할머니의 노동과 땀이 없으면 불가능한 화수분이었다. 덕분에 할머니는 언제나 일 무덤에 갇혀 살았다. 항상 온몸이 아프다고 하셨다. 주무실 때는 언제나 끙끙거리셨다. 일을 너무하여 온몸이 쑤시고 아프셨던 할머니는 아픈 데를 꾹 눌러 보고 그 자리에 뜸을 뜨셨다. 할머니의 유일한 치료법이었다. 밤이면 언제나 쑥뜸 냄새가 났다. 그 자리에 이명래 고약을 부쳐 진물이 나게 하고 시간이 지나 아물면 다시 뜸 자리를 옮겼다.

방을 닦고 이불을 펴면서 할머니의 벗은 등과 어깨 그리고 다리에 있던 뜸 자국의 기억이 아직도 또렷하다. 할머니는 오랜 노동의 지워지지 않는 잔상을 남기고 눈을 감았다.

할머니의 장례식에 사람들이 모였다. 불과 며칠 전에 할머니로부터 전화를 받았던 지인들은 할머니의 소천을 실감하지 못했다. 95세라는 나이와 어울리지 않게 전화로 카랑카랑한 덕담을 건넸기에 저마다 깜짝 놀라서 상가에 모였다.

"놀면 뭐 하노. 죽으면 썩을 몸. 몸뚱이 움직여서 남 도와줄 수 있으면 그게 천당이지 뭐가 천당이겠노."

고인의 생전 모습을 반추하는 사람들 등 뒤로 할머니의 카랑카랑한 목소리가 들렸다.

정 떨어지는 마녀 선생

― 燕燕燕燕燕燕燕燕燕

소통을 위해 나는 학기 초 한 달은 마녀처럼 굴었다.
1년 농사를 결정하는 것도 첫 한 달이었다.

몸을 먼저 만들고 그 몸에 마음의 양식을 새겨놓아야 한다는 것이
30년이나 계속된 수업에서 고집하고 있는 철칙이다. 경청하는 습관을
만들어야 한다. 수업 내용의 위계를 알아차리게 하여 수업의 효율을
높이려면 경청이 우선이다.

단연 중요한 것은 무뚝뚝하고 깐깐한 교사의 이미지를 만드는 일
이었다. 학기 초 악명 높은 마녀 이미지를 갖지만 개의치 않았다. 학생
과의 소통을 위해 한 달쯤은 철저하고 엄격한 이미지로 살아도 좋다
고 생각했다.

첫 시간에 나는 깐깐한 이미지를 위해 정장을 입는다. 세련된 엄마

를 가진 아이들에게는 내 행색이 영락없이 시골댁일 것이다. 목적 실현을 위해서는 융통성 없는 이런 촌뜨기 차림새가 더 좋다. 소란스럽던 교실이 자체적으로 정리될 때까지 기다린 후 나는 무뚝뚝한 표정으로 입을 뗀다.

"지금부터 선생님이 수업에 관한 소개를 하겠다. 그중 하나는 수행평가에 포함되는 내용이니 잘 들어라."

수행평가라는 단어에 아이들은 조금 멈칫하고 주목한다.

"지금부터 세 가지 규칙을 설명할 것이다. 첫 번째 규칙은 내 말에 신경을 곤두세우고 들어야 한다는 것이다. 두 번째는 노트필기 요령, 세 번째는 수업에서 잠을 자면 절대 안 된다는 것이다. 오늘 첫 시간에 소개한 내용은 두 번 소개하는 일은 없을 것이다. 첫 번째 규칙, 경청해라."

이 말을 곧이곧대로 듣는 학생은 거의 없다. 첫날 첫 수업에서 경청의 훈련이 되어 있는 학생은 거의 없다. 곧장 두 번째 규칙을 설명한다. 필기할 때의 규칙을 소개한다. 이 규칙을 이해하지 못하면 수행평가 점수 중 1점을 잃는다.

"새로 시작하는 대단원은 꼭 노트의 홀수 쪽부터 시작한다."

유인물에 익숙한 아이들에게 교사의 요구는 사실 무리다. 대단원이 겨우 4개에 불과하니 적어도 한 달은 지나야 두 번째 단원이 시작된다. 귀담아 두지 않으면 대부분의 아이들이 잊어버린다. 경청한 학생들의 승리이다. 단 1점이지만 기분 좋은 승리인 것이다. 노트 쓰기의 작은 팁을 또 말한다.

"큰 제목과 작은 제목의 들여쓰기는 폰트를 달리해서 노트가 끝날 때까지 맞춰 써야 한다."

여전히 아이들은 무신경하게 듣는다. 아이들을 죽 둘러보고 난 뒤 잠시 기다렸다가 나는 폭력적 단어를 사용한다.

"내가 수업 중 교실을 둘러보다가 들여쓰기를 잘못한 노트를 발견하면 아마 그 자리에서 그 페이지를 찢어 버릴 거야."

설마 하는 아이들에게 있지도 않은 선배들의 이름을 말하며 구체화시킨다.

"그 선배 노트도 제목을 잘못 써서 나한테 한 장 뜯겼어!"

몇 가지 사례를 5번쯤 반복하면 학생들은 난감해하면서 점점 실감하게 된다. 무표정한 얼굴로 같은 말을 반복하니 아이들은 점점 기가 막힌다는 얼굴이다. 어떤 학생은 얼굴에 불쾌한 감정을 감추지 못한다.

목차 간의 위계를 볼 줄 아는 능력을 키워 줘야겠다는 생각은 석사 과정에서 대학생들의 보고서를 검토하다가 하게 되었다. 우수한 학생조차 보고서를 쓰면서 제목을 위계적으로 쓰지 못하는 것을 보면서 생각했다. 중요한 것을 놓쳐 공부 효율이 떨어진다는 것을 알기에 결심했다.

지식의 구조를 만드는 핵심은 분류다. 그 분류의 시작이 제목인 것이다. 제목의 위계를 보는 능력을 만들어 주면 모든 공부에 활용이 가능할 것이다. 나는 그 이후 20여 년 동안 마치 신앙처럼 학생들을 훈련시키고 있다. 졸업 후 대학을 간 졸업생이 타 고등학교 출신의 보고

서를 보면서 '선생님이 왜 이것을 이렇게 중요하게 생각하였는지'를 알게 되었다고 수줍게 말하는 것을 보면서 보람을 느낀다.

한 학기의 수행평가가 끝날 때까지 첫 시간에 말한 내용은 절대로 반복하지 않는다. 시간이 지나서 수행평가 결과물을 내고 성적을 받은 후에야 아이들은 첫 시간에 진행한 규칙 오리엔테이션의 중요성을 뒤늦게 알게 된다.

마녀 선생한테 잘못 걸렸다는 표정으로 뜨악하게 쳐다보는 아이들에게 나는 다시 무뚝뚝한 표정으로 세 번째 규칙을 말한다.

"수업 중 한 명이라도 자면 안 된다. 자면 모두 같이 교실을 한 바퀴 돌아야 될걸."

일명 졸업생들 사이에 회자되는 '워킹'이다. 설마 하는 표정으로 나를 쳐다본다. 어느 해부터인지 수업 중 엎드려 자는 것은 교실의 일상이 되어 있다. 사교육의 장에서 뱅글뱅글 돌다가 12시 가까이 되어 집으로 귀가하는 아이들은 늘 피곤하다. 친구가 자면 옆에 있는 친구도 스르르 잠이 온다. 악순환이 반복되는 것이다. 때론 예체능을 한다고 대 놓고 자는 학생도 있다. 수업 중 잠을 자거나 꾸벅꾸벅 조는 것이 큰 흠이 되지 않는 시대가 되어버렸다. 이것을 허용하지 않겠다고 촌스럽기만 한 여선생이 으름장을 놓으니 학생들은 어이가 없다.

졸업 후 찾아오는 아이들은 언제나 내 수업의 '워킹'을 추억한다. 학교 오는 즐거움이었다고 말한다. 이런 얘기를 전해 들은 다른 교과 선생님도 시도해 보지만 곧 포기한다. 다른 선생님들이 한번 시도하다 그친 이유는 아마 그 속에 담긴 철학과 교감의 차이 때문이었을 것이다.

소통을 위해 필요한 것은 무엇일까? 찻집에 둘이 앉아 서로 스마트폰의 세계에 빠진 연인들을 보며 늙은 교사는 생각이 많다. 경청도 노력이 필요한 부분이다. 교사의 말에 경청해야만 수업의 궁극적인 목적인 소통에 이른다는 철학을 30년간 지켜왔다. 만약 이것이 깨지면 기꺼이 교사를 그만둘 생각으로 살았으나 2019년 지금까지 유효한 것에 감사하다. 경청하는 아이들이 있는 한 학교의 미래는 희망적이다.

우리가 꿈꾸는 학교는

입학설명회

학교가 있어 아이들에게 참 다행이다는 생각이 들었다.
오로지 서울 주요 대학만 생각하는 학부모와
하루 8시간 정도는 떨어져 있을 수 있으니 말이다.

고등학교 입학을 앞둔 수백 명의 예비 학부모가 강당을 가득 메웠다. 학교장 인사말에 이어 학교의 교육과정과 학교 활동 소개가 끝나고 학부모들에게 질문 시간이 주어졌다.

두 번째 줄에 앉은 남자 학부모가 손을 들었다. 행사를 돕던 학생이 마이크 줄을 끌고 그 남자에게 마이크를 건넨다. 남자는 그 자리에 서서 이 학교에 아이를 보내고 싶은 중3 학부모라고 자신을 소개했다.

"지금까지 학교에 관해 소개해 주신 것 잘 들었습니다. 특히 학교 동아리나 과학행사 내용에 대해 감명 깊게 들었습니다."

마이크를 들고 있는 예비 학부모는 예의 바르게 자신을 소개하고 지금까지 소개한 내용을 잘 경청했다는 증거로 몇 가지 사례에 대한 칭

찬도 잊지 않고 덧붙였다. 그다음 그가 하고 싶은 진짜 질문을 던졌다.

"그런데 여기 와 계신 학부모님들은 모두 입시에 대한 관심으로 이 자리에 참석했을 것입니다. 올해 주요 대학 입시 결과를 투명하게 말씀해 주십시오."

사회자를 자청하며 질문을 받던 교장 선생님은 정확히 답변하기 어려운 질문에 당황하는 듯 보였으나 주위를 둘러보더니 미소를 띠며 말했다.

"예, 여기 작년과 올해 입시를 책임졌던 3학년 부장님이 와 계십니다. 마이크를 넘겨서 들어보겠습니다."

강당 뒤에 서 있던 3학년 부장이 앞으로 오며 마이크를 받았다. 3학년 부장은 종이를 펴더니 아직 수시 결과가 최종적으로 나오지 않았음을 전제로 지금까지 받은 결과를 꼼꼼하게 읽었다. 아마 이런 질문을 대비하여 입시 결과를 정리해 온 것 같다.

"올해 합격생을 불러 드리겠습니다. 서울과학대 5명, 건국대 예비 2번 포함해서 3명, 아주대 4명, 그리고 아주대는 예비 받은 학생 3명 있습니다. … 연대 1명… 한양대 2명… "

3학년 부장은 주요대학에 합격한 서른 명을 포함해 백여 명의 수시 성적 결과를 조목조목 밝혀 나갔다. 3학년 부장은 지난주 회의시간을 통해 올해 입시 결과가 좋다고 말했다.

사실 특목고가 아닌 수도권의 일반학교에서 그 정도의 성과는 자랑할 만한 것이다. 중학교 하위 90% 학생들이 입학해서 상위 10% 학생들이 입학할 수 있는 주요 대학에 서너 명이 아니라 삼십여 명이나 합격한 것은 그리 쉬운 일이 아니다.

3학년 부장의 보고가 끝나자마자 이번에는 여자 학부모 한 분이 손을 들었다. 마이크 줄이 닿지 않으니 나오셔서 질문해 달라고 사회자가 부탁했다. 거침없이 나온 여자는 인사말도 없이 다짜고짜 다소 신경질적으로 질문을 했다.

"들어보니 SKY 진학 인원이 다 해서 7명밖에 안 되는 것 같은데, 이 학교의 SKY대학 입시 전략이 있기는 한가요?"

여자의 말이 끝나자 강당 여기저기서 수군거리는 소리가 들렸다. 답변을 하지도 않았는데 다른 학부모가 또 손을 들었다. 답변이 이루어지기 전에 질문을 받아야 하는 것이어서 앞에 질문한 분에게 동의를 구하고 사회자는 마이크를 넘겼다. 마이크를 전달받은 학부모는 부끄러워하며 질문을 했다.

"제 아들은 솔직히 SKY를 갈 만큼 공부를 잘하지는 못합니다. 앞에 어머님이 질문하신 것 답변하시면서 서울에 있는 주요 대학에 보낼 수 있는 전략도 같이 말씀해 주십시오."

앉아 있는 학부모 중 다수가 고개를 끄덕였다. 앞 질문에 대해 수군거렸던 이유를 알 것도 같았다. SKY 운운하며 질문했던 그 여자 학부모는 방금 질문한 아버지를 불만족스러운 표정으로 쳐다보고 있다. 3학년 부장의 답변은 매우 짧았다.

"특별한 전략은 없습니다. 학교 활동을 충실히 한 학생이 대학을 잘 간다는 경험 외는 드릴 말씀이 없습니다. 죄송합니다."

3학년 부장은 전문가답게 성적이 높은데도 불구하고 학교 활동에 전혀 참여하지 않아 입시에 실패한 구체적 예를 몇 가지나 소개하였다. 그러나 많은 학부모들에게 깊은 인상을 주지는 못하는 것 같았다. 그날의 입학설명회는 자신의 자녀들이 이 학교에 입학했을 때 얼마나 좋은 대학에 갈 수 있는지를 듣고 싶어 하는 학부모들의 궁금증을 충분히 풀어주지 못하고 그렇게 끝이 났다.

매번 느끼는 것이지만, 예비 학부모들이 학원 설명회와 학교 설명회를 혼동하는 것이 아닐까 하는 생각을 지우지 못한다. 내가 근무하는 고등학교 입학설명회만 전년도 대학입시 성과를 가지고 이렇게 파행적으로 진행될까. 어쩌면 수도권 일반계 고등학교 입학설명회 풍경은 아마 거의 비슷할 것이다. 중학교 내신 하위 90% 학생들이 이합집산해 입학한 고등학교에서 상위 10% 대학만을 기대하는 것 자체가 지나친 욕심이다.

고등학교 진학을 앞둔 부모가 입학설명회에 와서 상위 10% 대학만을 관심에 두는 것은 기대심리가 커서 자녀들의 현실조차 망각한 허영에 가까운 것이라 할 수도 있다. 고등학교 3년 동안 아이들이 얼마나 어마어마한 변화를 겪는지를 전혀 이해하지 못한다. 육체적 정신적 격변의 3년 그 자체에 대한 관심, 학부모로서 어떤 준비를 하는 게 좋은지에 대한 관심조차 없다는 것은 안타까운 일이다.

중학교 내신 상위권 학생들이 가는 특목고 입학설명회는 어떨까. 아마 어쩌면 SKY대학 실적만으로 끝없는 질문이 이어질 것이다. SKY에 진학하지 못한 수많은 특목고 졸업생들은 어찌하나.

들어오는 신입생 중에는 상위 10% 이내의 학생이 드물다. 수학능력이 현저히 떨어지는 학생이 적지 않다. 그러한 현실에서 그들 부모의 주요 대학 타령은 서글프기만 하다. 그래서 입학설명회가 있는 날이면 아이들에게 학교가 있어 그나마 참 다행이라는 다소 어이없는 생각을 하게 된다. 오로지 서울 주요 대학만 생각하는 학부모와 하루 8시간 정도는 떨어져 있을 수 있으니 말이다.

전쟁 같은 입학설명회를 지켜보면 학교란 과연 어떤 곳인가에 대한 근본적인 질문을 다시 하게 된다. 입학설명회를 치르고 나면 늘 마음이 불편하다. 올해도 예외가 아니었다.

불편한 마음으로 잠을 청했다. 마이크가 여기저기로 떠다니며 질문이 이어졌다.

'이 학교는 모든 아이들이 존중받는 분위기입니까?'

'학교 급식은 재료가 좋습니까?'

'학생들의 행복지수는 높습니까?'

'입학 후 내 아이의 내적 성장을 볼 수 있는 지표가 있나요?'

'중도 포기한 학생이 1년에 몇 명 쯤 되고 그 원인이 무엇일까요?'

'아이들이 수업 중에 자는 일이 있으면 집으로 연락을 주나요?'

'내 아이가 잘못했을 때 잘못을 뉘우칠 수 있도록 도와주시나요?'

'아이가 행복해지는 학교생활을 위해 부모들이 도울 일은 무엇일까요?'

깨어보니 꿈이었다. 아니 미래학교에 대한 꿈이었다.

죽음을 가르칩니다

———────────

학교는 죽음도 가르쳐야 한다.
세계와 자아에 대한 혁명적인 인식 변화를 겪고 있는
십대 젊은이들에게는 더더욱.

살아간다는 것은 선택의 과정이다. '무엇을 선택해야 할까'라는 질문을 수시로 해야 한다. 죽음에 대한 진지한 성찰은 선택을 간결하게 만들 수 있다. 죽음을 의식하면 더 진실해진다. 시간의 유한성을 생각하면 덜 게을러진다. 죽은 후의 허무함을 생각하면 덜 소유하려 하게 된다.

죽음은 역설적으로 가장 삶을 긍정하게 한다. 죽음은 '어떻게 살 것인가'에 대한 진지한 성찰이기도 하다. 타인에 대한 공감 능력 또한 죽음에 대한 이해 능력과 연결된다.

"가족의 임종을 본 사람?"

손을 드는 학생이 거의 없다. 아직도 부모에게 정신적으로 종속되어 있는 이 아이들은 부모의 죽음도 상상할 수 없다. 가상으로라도 부모의 죽음을 얘기하면 몸서리를 친다. 생각하고 싶지 않다는 뜻에서인지 심하면 얼굴을 찡그리며 눈을 감기도 한다. 방송과 신문을 통해 연일 죽음에 대한 소식을 접하지만, 타자화 된 남의 일이다. 대부분의 아이들이 죽음을 삶의 문제로 자신의 문제로 진지하게 고민한 적이 드물다.

할아버지가 돌아가셔도 죽음이 경험되지 않는다. 가까운 집안 어른이 돌아가셔도 자녀를 장례식장에 데려가기는커녕 어머니는 "그 시간

에 차라리 공부나 하라."고 학교로 내몬다. 부모는 아이들에게 죽음을 보여주거나 말하기를 꺼린다. 부모는 죽음을 멀리했다고 생각하겠지만 오히려 아이들은 폭력적 게임이나 결과만 중시하는 지나친 경쟁을 통해 남을 죽이는 문화에 익숙해 있다.

내가 가르치는 학생들은 삶의 영광만을 위해 매일 달리고 있다. 학교가 끝나기 무섭게 또 다른 학교로 달려간다. 왜 사는지에 대한 성찰을 할 시간이 없다. 삶에 대한 성찰이 없는 삶에서 행복을 느낄 수 있을까.

나는 세포 안에 있는 작은 소기관과 그것들의 역할을 가르치며 30년을 보냈다. 생명체를 설명하는 데 세포 한 개면 충분했다. 세포 속에서 이루어지는 생명현상을 배우다 보면 지식의 양이 대상의 크기와 꼭 비례하지 않는다는 진실과도 만나게 된다.

우주의 질서 못지않은 엄청난 질서가 육안으로는 확인도 어려운 세포 안에 있다. 세포를 유지하고 있던 질서가 깨지면 병이 되고 급기야 죽음으로 이어진다. 질서가 유지되는 한 세포는 끊임없이 살아갈 에너지를 만들어 낼 수 있다.

물론 그 부산물로 열, 즉 체온을 만들어 낸다. 세포 내로 물질이 들어가서 생명 유지를 위한 에너지로 전환되는 과정을 세밀하게 소개하는 과정이 생명과학의 주요 내용이자 교실에서 강조하는 나의 수업 주제다. 체온이 만들어지기까지의 세포 활동을 이해하면서 생명의 신비를 통해 훈훈한 교실을 만들 수 있었다.

나는 종종 죽음을 이해하고 가르치면서 죽음이 감성을 일깨우는 도구가 되는 놀라운 과정도 경험하곤 했다. 짝의 팔을 만지고 눈빛을 보면서 보이지 않는 죽음과 눈에 잡히는 삶을 체감하면서.

"살아 있다는 증거는 에너지를 생산해 내는 것이다."
"살아 있는 한 살은 부드럽고 따뜻하다."
"짝의 팔을 만져보자."
"따뜻한 체온을 느낄 수 있다는 것이 얼마나 감사하냐."

살아 있다는 것의 특성을 온전히 이해하기 위해서는 무생물과의 차이를 알아야 한다. 방금까지 살아 있었다 하더라도 사체는 무생물이다. '살아 있을 때'와 '죽었을 때'의 차이를 극명하게 대비시켜야 이해가 가능하다. 살아 있는 것은 따뜻하다. 살아 있는 사람도 따뜻하다. 살아 있다는 것은 끊임없이 움직이고 생각하는 일이기도 하다.

죽음을 진지하게 성찰하는 일은 자신이 누구이며 어떻게 살아야 하는지를 깊이 생각하는 일이다. 학교는 죽음도 가르쳐야 한다. 세계와 자아에 대한 혁명적인 인식 변화를 겪고 있는 십대 젊은이들에게는 더더욱.

동료를 넘어선 스승

———————

체벌이 교실 곳곳에서 일상적이던 시절,
L선생님 손에는 회초리가 없었다.
내가 그 사실을 안 것은 한 학기가 거의 끝나가는 초여름이었다.

거쳐 온 모든 학교 옆자리에는 동료가 있었다. 옆자리에 앉았기에 가정사가 대화의 시작이었다. 처음 아이를 키우느라 서툰 '직장맘'에게 육아의 경험이나 지식을 전하는 것도 직장의 동료였다. 세상을 사는 처세도 슬기로운 가정생활의 지혜도 바로 옆에 앉아 있는 동료가 전해주었다.

그중 최고의 동료이자 인생의 스승이었던 분은 단연 L선생님이었다. 언제나 가장 가까이에서 위로해 주고 힘이 되어 준 분. 고단한 삶에서 그만한 행운이 얼마나 있을까. 무엇보다 큰 행운은 일상의 생활과 삶의 자세로 내 자신을 돌아보게 하고 성장하게 한 점이다.

체벌이 일상적이고 예사로운 일이던 때의 일이다. 체벌과 일벌백계는 교육과 사랑의 이름으로 정당화되고 있었다. 50명이 넘게 앉아 있는 교실에서 잘못한 한 명에게 따끔한 매를 들어야 나머지 49명이 잘못을 하지 않는다는 것을 무슨 신념처럼 받아들였다.

학교의 선생님이라면 거의 모두 매를 들었다. 어떤 이는 작은 잘못에도 지나치다 싶은 체벌을 가했고 때론 감정을 실었다. 그런 가혹한 폭력을 어떤 학부모도 문제 삼지 않았다. 아주 부끄러운 고백이지만 그 시절 내 손에도 대나무로 만든 작고 단단한 회초리가 들려 있었다.

체벌이 교실 곳곳에서 일상적이던 시절, L선생님 손에는 회초리가 없었다. 내가 그 사실을 안 것은 한 학기가 거의 끝나가는 초여름이었다. 어떻게 그런 사실을 한 학기가 지나서야 알게 된 것일까.

"윤 선생, 오늘 그 반의 호준이가 기분이 안 좋던데. 왜 그래?"

"정말요? 제가 아침에 전달 사항이 많아서 아이들 얼굴도 제대로 못 봤어요. 호준이가 왜 그랬을까요."

"국어 수업 들어가서 보니까 호준이가 의기소침하더라고 집에 무슨 일이 있는 것 같아."

L선생님은 우리 반 수업에 들어갔다 오면 언제나 우울한 표정을 짓거나 의기소침한 아이를 족집게처럼 골라서 아이들의 상황을 전해주었다. 그 섬세한 관심은 실로 놀라운 것이었다. 육아와 집안 살림에 지쳐 학급에 집중하지 못하고 있던 나는 L선생님 덕에 아이들을 살피고 학급을 운영할 수 있었다.

"윤 선생, 이 글씨 색깔 어때? 글씨 크기는 이 정도면 괜찮을까?"

"윤 선생, 김영랑 생가 사진인데 뒤에 있는 학생한테도 보일까? 다음 주 수업 들어갈 때 아이들에게 보여주고 싶은데. 사진이 작지 않을까?"

수업이 빈 공강 시간에도 L선생님은 이렇게 꼼꼼하게 아이들에게 집중했다. 컴퓨터와 인터넷이 없던 시절이라 선생님은 발로 뛰어다니며 수업 자료를 찾았다. 수업에 필요하다면 장거리 여행도 마다하지 않고 다녀올 정도로 열정적이었다. 글씨 하나에도 정성이 들어 있었다. 뭐든 대충하는 법이 없었다.

수업의 핵심을 꿰뚫는 높은 수준의 수업 준비과정을 바로 옆에서 지켜보는 일은 행복하고 감동적인 일이었다. 언제나 손에서 책을 놓지 않는 독서의 힘도 L선생님 수업을 풍요롭게 한 것 같았다.

나는 복도를 지나다 유리창 너머로 L선생님의 수업을 훔쳐볼 때가 많았다. 선생님이 칠판을 등지고 서 있는데도 모든 아이들이 몰입하고 있었다. 그런 모습을 보면 뒷문을 조용히 열고 그 안으로 들어가 수업을 듣고 싶다는 충동마저 일었다. 놀라운 사실은 바로 직전 수업까지 난장판이던 교실이 L선생님이 들어가면 달라진다는 것이었다. 어느 반이든 거의 모든 아이들이 차분하게 집중했다.

회초리도 없이 L선생님이 펼치는 수업은 한편의 마법 같았다. '저 반에서 어떻게 저런 분위기가 가능하지' '수업 준비를 저렇게 철저히 하면 될까' '교실 안이 따뜻해 보이는 이유는 무엇일까' 지켜보는 내내 의문이 꼬리를 물고 이어졌다.

"윤 선생, 오늘 진성이가 안 왔던데 무슨 일 있을까?"

"진성이 아프다고 엄마한테 전화 왔어요."

"윤 선생, 저번에 진성이 결석한 거 엄마랑 말다툼하고 집을 나가서 그런 거래. 아이가 요즘 따라 침울하던데 엄마와 자주 부딪히나 봐."

L선생님 마법의 비밀은 바로 관심이었다. 그것도 일회적인 관심이 아니라 지속적인 관심과 무조건적인 이해와 사랑이 비결이라면 비결이었다. 그런 선생님한테 아이들은 눈을 맞추고 마음을 열었다.

사실 L선생님은 학교마다 있었다. L선생님 같은 따뜻한 스승은 동료들 속에 숨어 있었다. L선생님을 만난 이후 나는 아주 짧은 시간에 회초리 없는 따뜻한 손을 가진 선생님을 찾을 수 있는 눈을 갖게 되었다. 나는 그들이 있어서 단순한 급여노동자가 아닌 교사로 살려고 치열하게 내 자신을 채찍질하며 살아올 수 있었던 것 같다. 따뜻한 벗이자 스승이었던 이들, 그들이 내 동료였다.

학부모와 교사 사이에서

—※※※※※※※—

정이 많은 평화로운 동네였지만,
학교 선생님들을 성토하는 이야기는 조금씩 불편해지기 시작했다.
수다를 떠는 엄마들 주위를 아이들이 맴돌고 있었다.

두 아들이 모두 어린 20여 년 전쯤의 일이다. 방학이라 집에 있는데
전화가 왔다.

'따르릉 따르릉'

"여보세요"

"여보세요, 우리 엄마? 오랜만이네. 405호로 와. 여기 엄마들 모여 있
어. 오랜만에 호박 부침 했더니 맛있네. 우리랑 나라도 데리고."

방학이지만 수업이나 상담 등의 업무로 집에 있기 어려웠는데 때마
침 집에 있던 그날 이웃들이 모였다. 토요일이든 일요일이든 이웃들은
모이면 잊지 않고 나를 챙겼다. 정이 넘치는 동네였다. 아이들이 매개
가 되어 동네의 또래 엄마들과도 친해졌다. 휴일이면 시소나 미끄럼틀

을 타는 아이들을 보면서 수다를 떨며 시간을 보냈다. 특별한 간식이라도 만들라치면 서로 초대해 음식을 나눴다.

"우리 아이 담임은 왜 그렇게 애들을 편애하는지 몰라. 한 번은 애가 선생님 편애에 속상해서 울고 왔잖아, 글쎄."

"우리 겨울이가 반장 후보였는데 겨울이 담임 선생님이 다른 후보 장점을 이야기해서 끝내 반장에서 떨어졌지 뭐야."

엄마들은 모이기만 하면 자연스레 유치원이나 학교 얘기를 화제로 올렸다. 그중 어떤 엄마에게 아이 선생님은 항상 나쁜 사람이었다. 그 집 아이가 울고 와도 선생님이 문제였고, 반장에 떨어져도 문제는 선생님이었다. 대다수는 학교에서 빚어지는 사소한 문제였는데, 그 엄마의 말만 들으면 그 담임 선생님은 인성이 매우 나쁜 사람이었다.

정이 많은 평화로운 동네였지만, 학교 선생님들을 성토하는 이야기는 조금씩 불편해지기 시작했다. 나는 수다를 떠는 엄마들 주위를 마치 수건돌리기를 하듯 맴돌고 있는 아이들이 신경 쓰였다. 이런 대화를 아이들이 들을까 불안했다. 밤말은 쥐가 듣고 낮말은 새가 듣는다고 했다. 하물며 어린아이들이지만 저들의 엄마가 누군가를 만나서 선생님 욕을 하는데 어떻게 학교에서 매일 보는 선생님을 존경하고 따를 수 있을까.

나는 곧 동네를 떴다. 앞으로 긴 세월을 다녀야 할 학교에서 교사를 존경하지 않으면 내 아이의 인격 형성은 없다고 생각했기 때문이다.

어떤 보고서는 한국의 교사는 세계 최고의 대우를 받는다고 되어 있다. 그러나 뉴스를 보면 교사는 더러운 인격 집단이다. 점점 더 세상은 교사를 물어뜯는다. 아이들은 물론이고 학부모와 사회 모두 교사를 인격 장애자로 취급하고 있다. 학교 안에서 교사는 폭언과 폭력을 일삼는 사람이다.

언론은 성적 부풀리기가 학교 관행인 것처럼 떠든다. 학원 선생님 실력이 학교 선생보다 낫다고도 한다. 노력도 안 하면서 자신들의 이익과 권리를 찾는 데는 혈안이 되어 있는 것이 오늘날 공교육을 담당하는 교사들이라고 맹공격을 서슴지 않는다. 너무 물어 뜯겨 살점도 남아 있지 않은 느낌이다.

정감 있으나 말이 많았던 그 동네를 떠나 고즈넉하고 조용한 동네를 찾아 이사를 갔다. 산만하기 그지없는 우리 아이들은 준비물을 챙기러 집으로 다시 오곤 했다. 앞집 아줌마가 그런 우리 아이들을 정성껏 챙겼다. 그 집 아이가 쓰던 실내화, 피리도 챙겨주고 체육복까지 서슴없이 빌려주었다. 더러 아이들이 학교가 파해 집에 있으면 간식도 챙겼다.

다시 정 많은 동네로 이사 온 것에 감사하며 앞집과 친하게 지냈다. 때론 같이 차를 마시며 아이 키운 얘기를 나누었다. 어느 날 긴 얘기 끝에 그 엄마는 "교사에게 많은 것을 보게 하고 많은 것을 배우게 해야 한다."는 뜻밖의 말을 꺼냈다. 두 아이 중 한 아이를 대학에 보낸 앞집 아줌마는 교사가 얼마나 많은 영향력을 가진 존재인지를 실감했다고 했다. 대학을 보낸 학부모의 연륜이었을까. 교사의 말 한마디가 자식에게 주는 힘이 엄마가 하는 백 마디보다 크다는 것을 체험했다고 했다.

"우리 엄마, 꾀꼬리처럼 문제풀이만 1년 내내 하는 교사는 아이들에게 희망이 없어요. 아이들에게 꿈을 심어주어야 해요."

아마 내가 교사라는 것을 알기에 더욱 강조했는지 모르겠다. 오랜만에 마음이 참 따뜻해졌다. 학교는 학생과 교사가 함께 살아가는 작은 공동체다. 학생을 행복하게 하는 프로그램을 만들 수 있는 사람은 교사다. 마음 따뜻하고 창의적이며 아이들이 어떻게 하면 행복한지를 알고 실천하는 이 또한 교실의 교사다. 그 변화의 중심에 설 수 있는 교사들에게 힘을 실어 주어야 한다. 교사가 행복해야 학교도 아이들도 행복하다.

행복한 교육

학교에서 무엇을 가르쳐야 할까.
아이들은 학교에서 어떤 시간을 보내야 할까.
교직 30년의 삶은 이 정답이 없는 질문에 대한 답을 찾는 시간이었다.

가장 친한 벗인 정이와 숙이는 가정 선생이었다. 20년 전부터 그들은 만날 때마다 교과의 정체성을 고민했다. 둘의 고민이 깊어가던 어느 날 가정 교과가 사라지더니 끝내 교과명이 기술·가정으로 바뀌었다. 교과명을 바꿀 때 양성평등 교육의 시작이라고 주장했으므로 시대의 변화에 따른 어쩔 수 없는 결정이었다고 이해했다. 교과 개편 후 10년이 지나지 않아 기술·가정은 주당 수업시간이 계속 줄었고 어느 순간 거의 사라졌다.

그런 탓일까. 요즘 아이들은 떨어진 단추 하나를 스스로 달지 못한다. 기술과 가정 시간이 없어진 탓만은 아니겠지만 점점 더 아이들이 생활의 기술을 잃어버렸다. 리바이스 청바지가 유행을 탈 때부터 아이들은 허황된 부의 상징을 입기 위해, 주류에서 이탈될지 모른다는 불안감에 아르바이트를 시작했다. 청바지에서 점퍼, 롱 패딩을 거치며 옷과 상표가 진화하듯이 아이들의 아르바이트도 다양해졌다.

스스로의 욕구를 부모 도움 없이 실현하기 위한 미성년들의 노동은 어찌 생각하면 대견한 일이다. 비록 화려한 치장을 위해 받는 그들의 임금이 너무나 남루하지만 말이다. 그런데 점퍼 하나를 입기 위해 장시간 저임금의 노동을 감수하는 아이들도 자신의 뜯어진 치맛단이나 바짓단 하나를 처리하지 못한다. 단추가 떨어진 교복을 여러 날 그대로 입고 다니는 아이들도 흔하다. 맞벌이 부모가 미처 챙기지 못하면 한 학기 내내 그렇게 다닌다.

어디서든 가사 일이나 생활의 기술들을 제대로 배워본 적이 없는 아이들이다. 실과 바늘을 가지고 공그르기 몇 번만 하면 되는 가장 쉬운 바느질이건만, 아이들은 그 정도의 일에 애써 번 저임금의 아르바이트 비용을 들고 세탁소를 찾는다. 겨우 5분쯤의 시간과 몇백 원의 재료비만 있으면 되는 일에 2시간의 시급을 기꺼이 내놓는다.

아이들은 간단한 음식도 잘 만들지 못한다. 근사한 요리가 아니라도 식재료 몇 가지로 풍성한 음식을 만들 수 있는데, 이마저도 패스트푸드에 의존한다. 당뇨와 고지혈증의 원인이 될 지방과 탄수화물 덩어리를 먹기 위해서도 아이들은 두 시간 이상의 임금을 지불하고 있다.

이제와 돌이켜보니 20년 전 나의 벗들이 교과의 정체성을 고민할 때부터 이미 교육은 입시만을 향해 폭주 중이었다. 삶의 교육과 희망의 교육을 버리고 미친 교육으로 퇴행하던 순간을 알아차리지 못하는 사이 너무 많은 것을 지나쳐버렸다. 애써서 변명하자면 나 또한 미래사회라는 단어에 위축되어 있었고 쫓아갈 수 없는 변화가 올 것 같은 공포심에 소심하게 살았다. 자신의 교과를 잃은 친구들을 위로하지도 못하고.

그 긴 시간 무엇을 위한 교육을 하고 누구를 위한 교육을 했는가. 학교를 열심히 다닌 아이들은 모두 대학을 가서 행복하게 살고 있는가. 괴로운 질문이다. 최소한의 생활교육, 기초 기술 교육을 받지 못하고 세상에 나간 아이들이 악전고투하고 있다. 많은 젊은이들이 보잘 것없는 패스트푸드로 주린 배를 채우며 비정규직의 불안한 삶을 살고 있다.

성실하게 학교생활을 하던 아이들조차 비정규직으로 내몰리고 있다는 것을 처음 알았을 때는 당혹스러웠다. 그들만이 운이 나쁠 뿐이라고 생각했으나 그것이 개인의 노력을 넘어서는 것이란 것을 아는 데는 오랜 시간이 걸리지 않았다. 청년실업, 비정규직, 극심한 빈부 격차 등의 불편한 문제들이 내가 가르친 아이들의 문제이고 내 아들들의 문제가 되었다. 대학이라는 목적만을 위해 열심히 공부하라고 채근했던 나도 그 책임에서 벗어나지 못할 것이다.

과연 학교교육과정이 기본을 지키는 데 순수했는지 반문을 해 본다. 학생들이 살아갈 미래에 필요한 기본적인 능력을 키우는 교육과정이었는지 의문이 든다. 어느 해에 과학을 전공한 교장이 새로 부임했다. 3개년의 교육과정을 들여다볼 줄 아는 똑똑한 교장이었다. 교장은 부임하자마자 학교 교육과정을 서슴지 않고 바꿨다. 음악과 미술 수업을 줄여 수학으로 대체하였다.

미래사회를 살아갈 아이들에게 정말로 필요한 능력이 무엇이고 그것을 위해 학교가 무엇을 할 수 있고, 해야 하는지에 대한 최소한의 고민을 해 본 적이 없는 것 같았다. 그에게 1000여 명의 미래를 위한 교육과정을 결정할 권한이 주어진 것에 분노가 일었다. 잃어버린 가정교과와 같은 사례를 생각하며 반대했지만 교장은 막무가내였다. 학교 교육과정의 개편은 교장의 고유 권한이었고 그 생각에 학부모들은 격하게 공감했다.

소소하고 확실한 행복을 느낄 수 있는 교육과정을 복구해야 한다. '무인도에서 살아남기'처럼 극단적 처방을 가르치자는 것은 아니다. 자급자족하던 조상의 생활방식만큼은 아니지만 사람의 하루살이를 위해 필요한 최소한의 것을 학교 교육을 통해 가르쳐야 한다고 생각한다.

지금까지 열심히 공부해 대학 가라고 채근했던 선생으로서 무엇보다 큰 죄책감이 든다. 비정규직으로, 청년 백수로 지내는 그들을 생각하면 더욱 부끄럽다.

교실의 실내화

点心시간은 늘 전쟁터였다.
나는 식당 앞에서 학생들의 신발을 벗게 하려다 진이 빠졌다.

20여 년 전 나는 여러 해 동안 감기를 달고 살았다. 육아로 몸이 지쳐 면역력이 떨어진 것이 원인이겠지만 공기 질이 문제였다. 당시 근무하던 학교의 학생들은 유난히 운동장에서 뛰는 것을 좋아했다. 동서남북으로 골을 넣을 수 있도록 특수 제작된 농구대가 운동장에 적어도 4개는 있었다. 축구 골대도 사방에 있었다. 5층에서 내려다본 운동장에는 모든 골대에 아이들이 붙어 있었다. 종이 치면 아이들은 일제히 교실로 뛰어들어 왔다. 아이들이 뛰어올 때면 복도에 버섯구름이 피어 올랐다.

공기 질이 안 좋아 힘들다고 주위에 호소했으나 아무도 귀담아 들어주지 않았다. 그저 유난스러운 선생이라는 핀잔만 들었다. 당시에는 학교에 뭐든 기부하고 싶어 안달하는 학부모들이 있었다. 교실에 무엇을 사 주었으면 좋겠냐고 묻기에 공기청정기가 있으면 좋겠다고 소망을 이야기했다가 철없는 선생이 된 적도 있었다. 아직 교실에 냉난방기도 설치되기 전에 공기청정기를 말하고 있는 선생이었으니 얼마나 어이없었을까.

20여 년의 시간이 흘러 교실마다 냉난방기가 들어오고 컴퓨터와 프로젝터가 들어왔다. 미세먼지에 대한 인식도 바뀌어 당시 귀담아 들어주지 않던 동료들도 계량화 된 미세먼지 지수를 아침마다 보고 출근하는 시대가 되었다. 그러나 학교 안의 공기 질은 하나도 변하지 않았다. 규범과 규칙에 자유로워진 아이들로 인해 공기 질은 나아질 기미를 보이지 않는다. 타인에 대해 배려하도록 세세하게 가르칠 수 없는 학교가 되어 공기 질은 더 퇴보하고 있다.

20년 전 근무했던 학교에서는 아이들이 실내에서 실내화를 신도록 하기 위해 교사들이 총력전을 벌였다. 지금과 달리 제멋대로 사는 학생들이 많지 않았지만 교사들은 매일 매일 그들과 말씨름을 하느라 지쳐갔다. 한정된 에너지를 실내화 신는 문제에 쏟는 것이 우리 교사에게도 아까웠다. 결국 전체 교직원 회의가 열렸고 다수결에 의해 실내화 신는 규정을 없앴다. 규정을 없앤 후 3년을 더 근무하면서 감기를 달고 산 것이다. 그 이후 모든 학교에서 교사들은 실내화 신는 문제와 같은 사소한 문제로 씨름하고 싶어 하지 않았다. 규정은 두나 아무도 지도하지 않는 유령 규정이 되어버렸다.

내가 실내화에 대해 다시 생각하게 된 것은 일본 연수를 다녀와서다. 4박 5일의 일정으로 전국에서 모인 16명의 학교 관계자들과 일본의 다섯 학교를 방문한 적이 있다. 교육시스템보다 깨끗한 학교 환경에 감탄했다. 예외를 허용하지 않는 공동체 문화에 무서움을 느꼈지만, 남에게 피해주는 일을 하지 않으려는 윤리의식은 많이 부러웠다. 80년대 학교에서 본 것 같은 외부 손님용 신발장에는 실내화가 갖춰져 있었다. 손님으로 간 우리들조차 신발을 신고 안에 들어가는 것이 허용되지 않았다. 신발을 신고 그냥 들어가려면 일본인 특유의 난처한 표정으로 실내화를 내미는 것이 매우 인상적이었다.

그 모습을 보면서 급식지도를 하던 나의 모습을 떠올렸다. 그 학교에서는 식당에서만큼은 철저하게 실내화를 신도록 지도했는데 점심시간은 늘 전쟁터였다. 나는 식당 앞에서 학생들의 신발을 벗게 하려다 진이 빠졌다. 신발을 벗어 놓고 들어가게 하는 것 자체가 힘들었다. 조금 있다 보면 아이들은 다시 몰래 와서 신발을 신고서야 밥을 먹었다.

이제 아이들은 20년 전과 확연히 달라졌다. 이 아이들은 운동장을 좋아하지는 않는다. 그만큼 교실 안도 쾌적해졌다. 그러나 예상치 않은 복병이 있었다. 아이들이 주말에 운동화를 빨지 않는다. 요즈음 아이들에게 운동화는 세탁하는 물건이 아니었다. 눈으로 봐도 청결하지 않는 운동화를 신고 교실에 앉아 있으니 상황이 꼭 나아졌다고 할 수도 없다.

더욱이 교실 청소는 학교 안의 골칫거리이다. 청소를 할 수 있는 아이도 지도할 수 있는 교사도 드문 상황이니 청결을 담보할 수 없다. 재활용품과 쓰레기 그리고 그 사이사이 검은 먼지가 떡이 되어 엉겨 붙어 있는 교실 뒤편은 너무나 익숙한 풍경이다.

작은 습관 하나를 올바르게 가르치는 것도 교육이다. 김치 썬 칼은 물로 깨끗이 닦아낸 후 사과껍질을 벗겨야 제대로 된 사과 향을 맡을 수 있다. 수십 명이 생활하는 교실에서는 운동화를 벗고 실내화를 신어야 한다.

작은 희망

—❋❋❋❋❋❋❋—

강의식 수업을 버린 지 20년이 지났다.
나는 이제 교실의 이런 살아 있는 소란스러움이 좋다.

우리 교실은 언제나 소란스럽다. 교사는 교탁을 등지고 학생들을 보고 서 있다. 교사 앞에는 20명 정도의 아이들이 줄을 서서 뭔가를 기다리고 있다. 줄을 서 있는 아이들도 노트를 보며 열심히 외우고 있지만 즐거워하고 있다. 5명 정도의 학생들은 서 있는 아이들을 응원하고 있고, 대여섯 명의 학생들은 자기 자리에 앉아 노트를 들여다보고 있다. 그러니 언뜻 보기에 교실은 매우 어수선하다.

교사는 줄의 맨 앞에 서 있는 학생을 쳐다보며 무표정하게 질문을 하고 있다.

"심장, 혈관?"

"면역계."

"땡!"

교사의 '땡'소리에 답하던 아이는 얼굴이 붉어지며 다시 줄의 맨 끝으로 이동한다. 그 아이 뒤에 서 있던 아이가 한 발 교사 앞으로 온다. 다시 교사의 다른 질문이 이어진다.

"간, 췌장?"

"소화계."

"부갑상선, 뇌하수체?"

"뇌분비계."

"뭐라고?"

"뇌분비계요."

답하는 학생의 목소리는 자신이 없다. '땡' 두 번째 아이도 '땡' 소리에 무안해하며 다시 줄의 맨 뒤로 가고 있다. 그 뒤에서 기다리던 아이가 다시 교사 앞에 서 있다.

"갑상샘, 부갑상샘?"

"내분비계."

"딩동댕!"

교사의 '딩동댕' 소리에 칠판에서 자기 번호를 지우고 있다. 아이의 얼굴엔 엷은 미소가 번지고 있다. 벅찬 표정으로 V자를 그리며 자리로 돌아간다. 뒤에 서 있던 아이가 다시 교사 앞에 서서 질문을 받는다. 구술시험은 모두가 통과할 때까지 계속된다.

아이들은 각자 바쁘다. 교사한테 확인을 받기 위해 한 줄로 서서 열심히 공책을 들여다보며 외우는 중인 아이들도 있고, 통과 후 자기 자리로 돌아가 통과하지 못한 아이들을 격려한다. 그런 소란스러움 속에서도 질서는 있다.

강의식 수업을 버리게 된 계기에는 아픈 추억이 있다. 석사과정을 막 끝내고 다시 학교로 돌아와 아이들을 가르치게 된 첫해에 강의식 수업을 버렸다. 많이 가르칠 욕심에 숨도 쉬지 않고 준비한 이야기를 쏟아내던 이전의 습관을 버리지 못했다가 큰 낭패를 보았다. 아무리 열심히 준비해도 수업을 시작하고 얼마 후 절반 이상의 학생이 책상에 엎드리는 것을 보고는 강의식 수업을 포기했다.

그로부터 20여 년이 지났다. 나는 이제 교실의 이런 소란스러움이 좋다. 이런 소란스러움은 15분이면 된다. 깨어 있는 아이들이 이렇게 적극적으로 수업에 참여하며 살아 있는 것이 좋다. 표정은 엄격하지만 수업에 융통성이 있어 아이들은 싱싱하게 살아난다.

오늘의 마지막 학생이 내 앞에 서 있다. 3번쯤 내게 다녀간 학생이다. 유독 암기를 못하는 학생일 수도 있고, 교사 앞에 서면 떨려서 머릿속이 하얗게 되는 학생일 수도 있다.

"위, 간?"

"소화계."

"심장, 혈관?"

"순환계."

"대뇌, 소뇌?"

학생이 한참 머뭇거린다. 여기서 다시 용기를 잃을까 걱정을 하고 있는 사이 아이가 답한다. "아, 신경계" 교실에서 박수가 터진다. 마지막 남은 학생에게 앉아 있는 학생들이 박자를 맞춰 '끝까지' 외치면서 격려의 박수를 칠 때는 감동이 밀려온다. 마지막으로 통과하는 아이의 얼굴에는 쑥스러움이 있다. 그러나 해냈다는 안도감과 성취감으로 인한 감격이 더 크다. 아이는 빙그레 웃으며 자리에 앉는다.

수업을 이해하기 위해 필요한 최소한의 용어 전부를 아이들의 머리에 입력시켰다. 이제 이 용어를 꿰어서 새로운 문장을 이해할 수 있는 아이들로 만들어야 한다. 생기가 넘치는 오늘의 수업 속에서 내일 수업에 활력을 넣을 새로운 아이디어를 떠올려 본다. 공교육과 수업의 위기 속에서 찾은 작은 희망이다.

학력 격차 속에서 본 별빛

―화화화화화화화화

도시의 하늘에도 별은 빛나고 있었다.
포기하지 않는 선생님들이 있는 한 아직 학교는 희망이 있다.

'학력향상' 행사가 끝나고 차이나타운에서 저녁을 먹고 있는 중에 옆 테이블에 앉은 어떤 선생님의 격앙된 목소리를 들었다.

"아이들이 공부를 너무 안 해. 안 해도 너무 안 해. 실력이 오를 수가 없어."

"기본적인 사칙연산도 못하는 아이들에게 미분이 뭐야."

그 말을 들으면서 절망과 희망이 교차 되었던 어느 해의 수업이 생각났다. C특성화고의 1학년 수업이었다. 그해에는 입시에서 비교적 자유로운 특성화고 아이들을 가르쳤기에 생활에 필요한 최저 기준을 정해 놓고 수업을 했다. 여느 날과 같이 관성대로 수업을 하던 중이었다.

수업 내용은 '오옴의 법칙'이었다. 숫자만 나오면 눈과 귀를 막는 학생들이니 응용문제나 어려운 계산 같은 것은 애초에 할 생각도 없었다. 법칙을 설명하는 수식의 의미 정도만 알게 하는 것을 수업의 지향점으로 두고 진행했다.

칠판에 V(전압)=I(전류)×R(저항)을 쓰고 수업을 시작했다.

"전류값이 커지면 전압이 커진다."

"전압이 커지면 비례하여 저항도 커진다."

너무나 간단하여 예를 들 것도 없는 내용이었다. 비교할 마땅한 언어도 없다. 반복하여 말할 뿐이다. 여러 번 반복하니 진지하게 고개를 끄덕이는 학생이 있다. 나는 개념을 안다고 생각했다. 예습과 복습은 애초에 없는 아이들이기에 오늘 가르친 것을 다음 시간에 기억하는 학생은 없다. 그 정도면 되었다고 생각하고 수업을 멈췄어야 했다. 그런데 갑자기 이 식을 그래프로 이해하는지를 확인하고 싶은 마음이 생겼다.

그래프의 X축과 Y축, X와 Y를 전류와 전압으로 바꿔 쓰면 개념을 쉽게 이해할 수 있다고 생각하기에 거기까지는 나가 보기로 했다. 빈 그래프를 그리고 오옴의 법칙 V(전압)=I(전류)×R(저항)을 제시한 후 그래프에 X와 Y 대신 전류와 전압을 적어보도록 했다.

이면지를 준비해서 아이들에게 나눠주고 해 보도록 했다. 그런데 단한 명도 그리지 못했다. 순간 아득해졌다. 수업을 하는 30분 동안 절망했다. 애꿎은 초등학교와 중학교 선생님들이 원망스러웠다.

'어떻게 이렇게 가르쳐서 고등학교를 올려보낼 수 있지?'

'아무리 중학교 내신 90% 아이들이지만 이 정도는 알고 있어야 하는 것 아냐?'

'한글을 깨우치듯 그래프 정도는 볼 수 있어야 살아가면서 통계자료를 이해하는 것 아냐?'

속으로 치밀어 오르는 부아를 참으며 수업을 진행했다. 내가 거기에서 멈췄으면 공부 못하는 아이들의 이유를 내가 아닌 아이들에게서 찾았을지도 모른다. 희망을 버리고 그 수업을 적당히 끝내려는 순간 여기저기서 "아하" 소리가 들렸다.

"아하"를 외친 학생들에게 다가가서 문자를 바꿔 다른 문제를 제시했더니 모두 해내는 것이었다. 그래프의 X축과 Y축의 개념을 완전하게 이해한 것이었다. 해결한 아이들은 알게 된 사람만이 갖게 되는 충만함이 보였다. 그 순간 나도 속으로 '아하'를 외쳤다.

그런데 오늘 차이나타운에서 그래프를 못 그리는 아이들을 보고 아득했던 옛날의 '내가' 옆자리에 앉아 탄식하고 있었다. 차이나타운 행사는 '학력향상'이라는 큰 목표를 위해 주관학교에서 일 년간 노력한 결과를 발표하고 난 뒤의 뒷풀이 자리였다. 구도심에 위치한 학교 학생들의 학력을 올리기 위해 애썼던 선생님들의 안간힘을 발표 자리에서 느낄 수 있었다.

1년 동안 들인 노력에 비해 거둔 성과가 미미하자 여러 선생님들이 절망감을 토로했다.

"수업시간에 잠만 자려고 하는 아이들에게 뭘 할 수 있어."

어떤 한계를 느낀 듯 목소리는 격앙되고 있었다. 학교 간 순환이 운명인 공립학교 교사로서 이전의 학교와 비교하면서 심각함을 토로하는 선생님도 있었다. 과학고나 외고와 같은 특목고에 근무하다 온 선생님들은 수업을 하며 절망감을 느낀다고도 했다. 끝내 교실붕괴로까지 이야기가 치닫자 나는 참다못해 한마디를 던졌다.

"무너진 교실의 아이들도 잘하고 싶은 마음이 있을걸요."

갑자기 주변이 조용했다. 무너진 교실에 대한 성토가 이어진 자리에서 내가 한 말은 동의할 수 없는 말이었다. 옆자리에 앉아 있던 교사가 나를 쳐다보며 신경질적이고 비난 투의 말투로 내게 물었다.

"선생님, 그게 무슨 말씀이세요?"

"저는 C 특성화고에서 과학을 가르치며 신기한 경험을 해 봤어요. 입시가 중요하지 않은 아이들이라 수업을 엉망으로 하는 줄 알았어요. 그런데 그것은 저의 오해였어요. 수업을 이해할 수 없어서 그랬던 거예요. 수학능력이 떨어진 그 아이들조차 제대로 알고 싶어 했어요. 알고 난 이후 기뻐하는 표정을 보고 난 확신했어요. 이 아이들도 수업을 잘하고 싶은 마음이 있다는 걸요."

분위기에 맞지 않는 말이었지만 막상 말을 꺼내 놓자 선생님들로부터 여러 가지 질문이 쏟아졌다. 진지하게 아이들의 문제에 대해 이야기를 주고받았다. 그리고 그 자리를 파했다. 그런데 얼마 후 그 자리에 있던 한 선생님으로부터 전화가 왔다.

"선생님, 저도 선생님이 한 말을 이해했어요. 우리 반 꼴통의 표정이 바뀌는 것을 보았어요. 저도 앞으로 포기하지 않으려고요."

전화를 받은 날 밤 오랜만에 하늘을 보았다. 도시의 하늘에도 별은 빛나고 있었다. 포기하지 않는 선생님들이 있는 한 아직 학교는 희망이 있다.

희망을 위해

30년 교직 생활을 정리하는 글을 쓰기로 다짐한 후 6개월이 넘는 동안 마음이 원고지에 매여 있었다. 드디어 1000매의 원고를 끝낸 후 배낭을 꾸렸다.

낯선 이국땅에서 좀비를 닮은 모습으로 오로지 스마트폰에 의존한 채 가보지 못한 곳에 점을 찍고 걷고 또 걸었다. 모든 것이 낯선 이국 땅에서 지치도록 걸으면서도 머릿속을 떠나지 않는 의문이 있었다. 특별할 것 없는 교사의 삶을 기록해 저 무수하게 많은 서가에 굳이 또 하나의 책을 더 보태야 할까. 이 막연한 의문에 대한 타당한 답을 스스로 찾아야 했다.

기말고사를 끝내고 학교가 시끄러웠다. 평가 결과에 대한 학부모의 항의, 매일 열리는 교직원 회의, 급기야 학생과 학부모가 참가한 공청회 등 문제가 된 사안에 대해 검토하고 또 검토했다. 집단적 논의 끝에 합리적으로 문제가 해결되었다고 생각된 시점에 짐을 꾸려 낯선 곳으로 떠났다. 그러나 이국땅에 도착하자마자 끊임없이 메시지가 왔다.

'임시 교직원 회의를 실시합니다. 10:00까지 회의장으로 오시기 바랍니다.'

'오늘 문제 사안에 대한 기사가 났습니다.'

'임시 교직원 회의를 실시합니다.'

'오늘 문제 사안에 대한 3차 기사가 났습니다.'

'임시 교직원 회의를 실시합니다.'

'○○수행평가에 대한 재시험이 결정되었습니다.'

잠이 들면 나는 꽉 막힌 벽관에 갇혀 있었다. 하루 2만 보 이상을 걷는 강행군 속에서도 날마다 악몽이 이어졌다. 학생과 동행하며 만든 수업 중의 평가까지 간섭의 대상이 된 끝없는 악몽.

1반에서 한 수행평가를 가지고 나는 다음날 3반에서 했다. 30년을 그렇게 했고 나름의 노하우로 그 불합리를 극복해왔다. 그러나 그러한 평가까지 그 자리에 없던 이가 공정성을 이유로 간섭하며 특정 교사를 몰아붙였다.

나와 직접적 관련도 없고 고민한다고 되지도 않으니 헛심 쓰지 말자고 생각해 보지만 마음고생을 하는 동료 얼굴이 머리를 떠나지 않는다. 동료들의 울분과 자괴감이 눈에 보이는 듯했다. 이런 일들이 쌓이고 쌓여 많은 교사들이 몸을 사리면 어쩌나 하는 걱정도 지울 수가 없었다. 그나마 남은 교사들의 자율성과 창의성이 사라진 학교는 생각만 해도 아찔했다.

손주들이 다닐 미래학교에 대한 온갖 염려와 노파심은 급기야 병이 되었다. 문자가 올 때마다 신경이 곤두서더니 몸까지 아팠다. 아픈데도 생각을 단순히 하려고 걷고 또 걸었다. 미약한 내 힘으로 무너져가는 학교를 살릴 수는 없다. 과거의 학교로 환원할 수도 없다. 학교를 떠나야 하는 나는 이제 무엇으로 그들을 도와야 하나.

걷는 중에 갑자기 한 학부모가 생각났다. 왜 그때 생각났을까. 20년전 딱 한 번 만난 적이 있는 분의 말이 생생하게 다시 들리는 듯했다.

"선생님, 제 아이들의 이름은 제가 지었습니다. 딸의 이름은 어진이 아들의 이름은 산하입니다. 왜 그렇게 지은 줄 아십니까?"

"아이들 이름에 제 꿈을 담았습니다. 제 꿈이 이어진 산하입니다."

껄껄 웃던 어진 아버지는 말을 이었다.

"저는 제 아이들이 팔조법금에 어긋나는 일 없이 우리 사회에 적응하고 살 수 있도록 학교가 도와주는 것만으로도 감사합니다. 선생님이 제 아이의 담임 선생님이 되어 아침저녁으로 눈을 마주쳐 주고 바르게 살도록 격려해 주신 것만으로도 저는 감사합니다. 제 아이들이 어떤 학교를 가든 저는 아이들의 미래를 믿습니다. 우리 사회를 믿습니다. 선생님이 알아서 원서를 써주십시오. 저는 선생님을 믿고 선생님의 결정에 따르겠습니다."

믿음만큼 큰 힘이 있을까. 그 몇 마디 말은 떠올린 것만으로도 마음이 따뜻해졌다. 자식의 입시와 같이 큰 사건을 오로지 교사에게 맡긴 20년 전 그 학부모의 말이 용기를 주었다.

나를 믿자. 나의 삶을 믿자. 울분으로 들끓던 마음이 천천히 편안해졌다. 내가 기억하는 것들을 글로 남겨 어디 있을지 모를 어진 아버지가 읽도록 하는 것이 옳다는 확신이 들었다. 당신 자식을 잠시 가르쳤던 선생의 생각을 어디선가 읽도록 하는 것이 나를 믿었던 그에 대한 보답이라는 생각이 들었다. 이것이 학교를 떠나는 내가 할 수 있는 최선이라는 확신이 들었다. 아! 기억을 모으기를 잘했다. 글을 쓰기를 잘했다.

나를 믿어준 학생과 학부모에 대한 고마움을 이 글로 대신하자. 그리고 나를 불신한 또 다른 이들에게 교사도 생각이 커가는 '살아 있는' 피사체임을 이 원고로 말해주자. 학교를 떠나면서 현재의 교육 현장을 전하는 의무를 맡자. 학교가 희망이 되기 위해서는 교사를 살려내야 한다는 나의 말을 전하자. 이러한 생각들을 정리하며 내가 쓴 글을 다시 읽었다.